Divagations

Par

Caroline Plouffe

AF614581

Dépôt légal – 2014

Bibliothèque et Archives nationales du Québec

Bibliothèque et Archives Canada

@ Copyright 2014 Caroline Plouffe

Édition 2021 - Photo couverture : © Can Stock Photo / dundanim

Tous droits réservés.

ISBN 13 : 978-2981478405
ISBN 10 : 2981478400

Divagation *[d i v a g a s j o~]* n.f.
Action d'un esprit qui s'égare, qui erre au gré de sa rêverie;
Pensées, délire (surtout pluriel).
- Dictionnaire Larousse

Mon esprit en ébullition refuse de se laisser diriger vers un style en particulier. J'écris au rythme de mes pensées, de mes envies. En cette qualité, je considère que mon cerveau est en perpétuelle divagation.

- Caroline Plouffe

REMERCIEMENTS

À mon mari, Luc Germain, qui croit en moi et qui m’encourage dans mes projets. Il est ma première critique, mon premier admirateur. Sans lui, il y aurait longtemps que j’aurais abandonné cette lubie qu'est l’écriture. Merci mon amour!

Table des matières

L'Oubli

Il lui sembla se réveiller après un très long sommeil. Sauf qu'elle marchait en pleine forêt lorsqu'elle eut cette étrange impression. Elle se sentait comme dans un rêve, incapable de s'accrocher à la réalité. Tout semblait embrouillé, inconsistant. Ses sens commencèrent alors à se réveiller un à un. Elle eut conscience de l'odeur en premier : le léger arôme de décomposition du tapis de feuilles mortes sur lequel elle marchait. Ensuite, ce fut son sens auditif qui se réactiva avec le bruit que faisaient ses pas sur le sol craquant et le cri d'une corneille dans le lointain. Sa vision fut le dernier sens à reprendre totalement vie. Ce ne fut que lorsque le flou lumineux s'éclaircit enfin que la douleur se fit ressentir : ses bras, son visage, tous ses muscles.

Elle vacilla et se retint à un arbre avant de s'asseoir lourdement contre son tronc. Elle leva la tête vers la cime des arbres, laissant son visage être balayé par la légère brise, tentant de dissiper la brume qui persistait dans son cerveau. Où était-elle? Qui était-elle? Elle sentit la panique la gagner, son rythme cardiaque s'accélérer. Afin d'éviter une crise d'hyperventilation, elle se força à ralentir le rythme de sa respiration : inspirer par le nez, expirer par la bouche. Lentement. *Une chose à la fois*, se dit-elle. Il faisait clair, c'était donc le jour. *Un bon début!* se motiva-t-elle. Le feuillage des arbres était clairsemé, et ce qui en restait variait entre les teintes de rouge feu, d'orangée et de jaune or. *C'est l'automne.* Elle ferma les yeux afin de rechercher de l'information sur elle-même. Flou total. *On ne peut pas gagner à tous les coups!* s'encouragea-t-elle.

Elle frissonna sous la brise du vent, et sentit la chair de poule couvrir ses bras. Elle tendit ses membres nus devant elle, ouvrit les yeux… et découvrit avec horreur une partie de la source de sa douleur : ses mains et ses bras étaient parsemés de plaies et d'égratignures. Du sang séché formait comme une croûte sale sur ses membres. Elle sentit la panique s'emparer à nouveau d'elle. Elle se leva péniblement, se demandant quoi faire. D'où était-elle venue? Dans quelle direction allait-elle? Elle décida de continuer à marcher dans la direction où elle semblait se diriger à son étrange réveil.

— Allô?

Son faible cri résonna comme un canon à travers la forêt, l'écho de sa voix semblant se répercuter à l'infini avant de s'éteindre dans le lointain. Le simple fait d'entendre le son de sa voix s'éloigner ainsi la fit se sentir encore plus seule et abandonnée. Elle continua à marcher pendant quelques minutes, qui lui semblèrent une éternité, le pas toujours hésitant bien qu'un peu plus assuré. Elle entendit de l'eau couler avant même d'apercevoir le large ruisseau boueux qui traversait son chemin. Elle s'agenouilla sur la rive couverte de feuilles humides et pencha son visage vers la surface. À travers ce miroir naturel distordu, elle reconnut soudainement la femme lui retournant son regard inquiet : *Catherine!* Son nom était Catherine. Elle remarqua alors les égratignures et le sang sur son visage. *Que s'est-il donc passé?* Elle prit soudainement conscience du goût métallique et désagréable qu'elle avait dans la bouche, et se rinça avec l'eau sale du cours d'eau. Elle avait le sentiment qu'elle n'était pas venue seule dans cette forêt. *Camping!* Elle était venue faire du camping avec… avec… Elle sentait l'information au bout de ses doigts.

La panique revint : que devait-elle faire? Selon toute apparence, elle fuyait un danger, mais lequel? Si elle n'était pas venue seule, ne devrait-elle pas retourner d'où elle venait pour porter main forte? Était-ce cette personne qui l'avait amochée ainsi? Catherine regarda en avant, par-delà le ruisseau, et derrière elle en se mordillant la lèvre inférieure. Elle étreignit son propre corps de ses bras pour à la fois, se réchauffer, se rassurer et se réconforter.

Elle avait froid, et son corps entier était endolori. Elle fit un pas en arrière, comme pour rebrousser chemin, avant de se reprendre. Elle ne savait pas ce qui s'était passé « là-bas ». Elle s'éloignait, ou plutôt se sauvait, dudit lieu inconnu lorsqu'elle avait, en quelque sorte, repris conscience, elle en était presque certaine. Sa logique lui dictait de continuer son chemin, de trouver du secours. Elle avait probablement un choc nerveux pour ne pas se rappeler autre chose que de son nom et de la raison probable de sa présence dans cette forêt, sans se souvenir avec certitude si elle était bien venue accompagnée ou non. Elle décida de marcher le long du ruisseau afin de trouver un endroit plus sec où traverser. Avec un peu de chance, elle croiserait un sentier qui l'amènerait à une route.

Le froid semblait s'intensifier, la brise piquant sa peau nue comme si le vent était constitué de centaine d'aiguilles miniatures. Elle remettait maintenant en question son impression qu'elle était venue faire du camping : la température semblait un peu trop froide pour l'activité. Elle avait perdu la notion du temps, et était incapable de dire si elle marchait dans les bois depuis quelques minutes ou bien quelques heures. Le silence de la forêt n'était troublé que par le cri occasionnel des oiseaux, le craquement de ses pas sur le tapis de feuilles mortes et de brindilles sèches ainsi que le son de ses sanglots de désespoir. Elle regarda à l'horizon et aperçu, à travers les branches presque nues des arbres, la boule orangée du soleil couchant baissant lentement à l'horizon. Elle était terrifiée à la pensée de devoir passer la nuit seule dans cette forêt. Elle ne croyait pas qu'elle y survivrait.

Catherine trébucha soudainement sur une roche et tomba lourdement à plat ventre, s'écorchant encore davantage la paume des mains dans sa chute. Découragée et épuisée, elle se recroquevilla sur le sol en position foetale, espérant de tout son être mourir avant la nuit. C'est dans le calme soudain qui s'ensuivit qu'elle entendit le son d'un véhicule au loin. Elle leva prestement la tête en tentant de localiser la direction du bruit, qui semblait se répercuter dans chaque direction. Elle se redressa à genoux, et se força à se concentrer. *À droite!* Elle se leva rapidement, trouvant soudainement au fond d'elle-même de l'énergie jusque-là insoupçonnée. Elle s'élança à travers les branches dans le fol espoir de rejoindre ce qu'elle espérait être, enfin, la civilisation.

Catherine courut ainsi quelques minutes avant de surgir sur une route asphaltée, comme éjectée brusquement de la forêt maudite. Elle ressentit un soulagement incommensurable. Ne sachant où aller, elle décida d'avancer en bordure du chemin, en direction du soleil couchant.

Catherine en profita pour rationaliser ses pensées. Elle avait tout de suite présumé que quelque chose d'horrible lui était arrivé dans la forêt. Était-il cependant possible que l'explication fût plus simple? Elle marchait tout simplement dans le bois lorsqu'elle était tombée durement ou lorsqu'elle avait déboulé une petite falaise ou une colline. Une commotion cérébrale expliquerait facilement tous ses symptômes : le mal de tête, les vertiges et la sensation étrange de s'être « réveillée » en marchant en pleine forêt. De plus, elle était parsemée de plaies, son corps entier lui faisait mal et, à part son prénom, elle était incapable de se rappeler qui elle était. Elle se sentit soudainement soulagée, et eut même un petit rire de dérision. Elle était sur une route et un véhicule viendrait à passer ou bien elle croiserait un passant ou une habitation. Tout s'arrangerait pour le mieux et elle rirait de sa mésaventure.

Comme en réponse à son souhait silencieux, une voiture se

fit entendre. Catherine aperçut alors une automobile grise venant en sens inverse, de l'autre côté de la route. Elle se mit à faire de grands gestes des bras en criant, afin d'attirer l'attention de l'automobiliste. La voiture ralentit un peu et elle eut un contact visuel avec le conducteur, un homme dans la soixantaine au regard apeuré, qui détourna soudainement la tête avant de reprendre de la vitesse et disparaître dans le lointain. Catherine baissa les bras, stupéfaite. Elle savait qu'il l'avait vu. Pourquoi alors continuer son chemin? Son allure dégingandée pouvait en effet surprendre, mais elle était d'une stature tout de même modeste. Il n'était pas possible qu'il l'ait pris pour une menace!

Catherine continua son chemin, à nouveau démoralisée, son élan d'optimisme d'il y a quelques minutes à peine s'amenuisant au même rythme que le soleil baissant de plus en plus à l'horizon. Les derniers rayons timides du soleil diminuèrent jusqu'à disparaître et le froid s'intensifia. La route s'éleva en pente douce, et ses jambes fatiguées menacèrent de la lâcher. Elle ne pourrait plus continuer longtemps.

Une fois le sommet de la butte péniblement atteint, Catherine aperçut, en contre bas, une boîte aux lettres en bordure d'une entrée en gravier. Elle rassembla le peu de force qui lui restait et rejoignit rapidement l'entrée. À sa grande joie, les lumières d'une petite maison, un bungalow, étaient allumées et elle vit une ombre se déplacer à l'intérieur. *Enfin!* Elle monta les trois marches menant à la galerie couverte, s'étendant sur toute la longueur de la demeure, et cogna au chambranle de la porte-moustiquaire extérieure. Dans l'attente d'une réponse, elle tenta d'apercevoir quelqu'un par la petite fenêtre de la porte massive en bois se trouvant du côté intérieur. Quelques secondes passèrent et un homme au début de la quarantaine, un peu de sang séché sous le nez, entrouvrit la porte et la regarda à travers la moustiquaire sans dire un seul mot, l'air à la fois effrayé et hagard.

— Bonjour Monsieur. Je m'appelle Catherine et je me suis apparemment perdue en forêt et j'ai dû me cogner la tête. J'ai peut-être une commotion cérébrale d'ailleurs, puisque je suis incapable de me souvenir de ce qui s'est passé, ou même de mon identité.

Elle parlait trop rapidement, elle le savait, mais elle avait tellement hâte que ce cauchemar finisse.

L'homme continua de la fixer silencieusement en la passant en revue de la tête au pied.

— Puis-je utiliser votre téléphone pour appeler les secours?

Sous les yeux éberlués de Catherine, et sans même lui répondre, l'homme lui referma rapidement la porte sous le nez. *Dans quel endroit inhospitalier suis-je tombée?* Ne sachant pas où aller, elle décida de jeter un coup d'œil par la fenêtre donnant sur la galerie. Les rideaux étaient à moitié fermés, mais elle tenta sa chance en regardant à l'intérieur par l'espace laissé entre les deux pans. Son cerveau prit quelques secondes pour enregistrer ce qu'elle voyait : la fenêtre donnait sur un petit salon ouvert sur une cuisine. S'y trouvait une femme d'une trentaine d'années, attachée à une chaise droite, le visage tuméfié. Catherine recula avec horreur, ne pouvant détacher son regard de la fenêtre. Est-ce qu'il se pouvait qu'elle ait tout faux, et qu'elle ne se sauvât finalement pas d'un danger *dans* la forêt? Cette nouvelle option lui glaça le sang, et elle fut prise d'un vertige. Elle tenta de s'éloigner le plus rapidement possible de la fenêtre, mais ses jambes tremblantes semblèrent ne plus vouloir la soutenir plus longtemps et elle se retint à la rampe de la galerie afin de ne pas tomber. *Fuir*. Soudainement, elle entendit une sirène et vit surgir une voiture de police dans l'entrée. Soulagée, elle s'élança vers le véhicule avant même qu'il soit à l'arrêt, ne pouvant croire que son calvaire touchait à sa fin. C'est alors qu'un des deux policiers sortit du véhicule, une arme pointée sur elle :

— *FREEZE*! Couchez-vous à plat ventre par terre, les bras derrière la tête!

— C'est une erreur, j'ai besoin d'ai…

— IMMÉDIATEMENT!

Sous le choc, Catherine se figea avant d'obéir à l'ordre en tremblant. L'homme s'approcha d'elle, s'accroupit lourdement sur son dos avant de lui passer les menottes. Épuisée, Catherine fut incapable de lui expliquer qu'il faisait erreur. Elle resta là, par terre, pendant ce qui lui sembla être une éternité, le gravier lui entrant dans le corps comme si elle était étendue sur le tapis d'un fakir, les larmes coulant sur son visage maculé de saleté et de sang séché. Une camionnette de la police entra à son tour dans l'entrée. Elle fut alors soulevée du sol sans ménagement, et poussée à l'arrière du véhicule. Il y avait déjà deux personnes assises à l'intérieur, les yeux hagards et vitreux.

— Que se passe-t-il? leur demanda-t-elle en chuchotant.

Aucune réponse ne suivit. Que leur regard vide.

À sa stupéfaction, la femme entraperçue dans la maisonnette fut jetée à ses côtés, les mains menottées dans son dos. C'était irréel! C'était l'homme qui devrait être arrêté, pas le contraire. Catherine se sentait nauséeuse et perdue, comme si elle se retrouvait soudainement dans un épisode de *Twilight Zone*, où rien n'a de sens. Elle n'eut cependant pas le temps de s'adresser à la femme. Un second policier fit irruption à l'arrière de la camionnette, une seringue à la main. Sans un mot, sans une explication, il lui entra violemment l'aiguille dans le bras et injecta le liquide. Sa vue se voila presque immédiatement. Elle eut le temps de se demander si tout cela n'était qu'un cauchemar avant que son esprit plonge dans le noir.

***

Catherine se réveilla sur un banc dur, à l'intérieur de ce qui semblait être une petite cellule. Seule. Ce n'était pas la première fois qu'elle se réveillait d'un rêve pour tomber dans un autre, mais ceux-là étaient tellement réels. Elle tenta de remettre en place les faits de son cauchemar précédents. Elle ne pouvait remonter plus loin que le début de sa marche dans la forêt. Elle s'approcha de la porte de la cellule et tordit le cou afin de regarder le plus loin possible dans le couloir dans l'espoir d'apercevoir quelqu'un.

— Allô?

Un hurlement se fit soudainement entendre, provenant apparemment d'une autre section du bâtiment. Catherine recula et se recroquevilla sur le banc, ses bras encerclant ses genoux, remontés contre sa poitrine. Quelques secondes plus tard, une femme habillée en civil, mais avec un badge à la ceinture, s'approcha de la porte, une chaise et une petite table pliante à la main. Elle installa le tout dans le couloir devant la porte, déposa un dossier sur la table et s'assied.

— Catherine Veilleux. 36 ans. Vous confirmez?

Cette femme semblait en savoir plus sur elle qu'elle-même.

— Je sais que je m'appelle Catherine. Le reste…

— L'amnésie subsiste encore à ce que je vois. Les autres ont commencé à se souvenir, vous ne devriez pas tarder à retrouver la mémoire.

— Les autres?

— Les autres… disons… victimes de l'événement.

— C'est un drôle de rêve.

— Ce n'est pas un rêve Madame Veilleux. Vous ne vous rappelez rien de ce qui s'est passé hier midi?

— Hier?

Catherine avait pourtant l'impression de s'être réveillée dans la cellule immédiatement après s'être endormie dans la camionnette.

La femme ouvrit alors le dossier pour en sortir trois photographies de cartes d'identité, qu'elle positionna sur la table, en face de la cellule. Catherine se leva du banc où elle était prostrée et s'approcha. La première était un permis de conduire montrant une femme, qui lui ressemblait un peu. Le nom indiqué était celui de Myriam Veilleux. Les deux autres étaient des cartes d'assurance maladie. L'une d'une petite fille d'une dizaine d'années, rousse et pleine de taches de rousseur, s'appelant Laurie Laflamme. L'autre était celle d'un garçonnet aux cheveux bruns s'appelant Samuel Veilleux-Marcil. Il ne devait pas avoir plus de cinq ans. Catherine fit travailler sa mémoire. Comme dans la forêt la journée précédente, elle avait la forte sensation que l'information était à portée de main, mais qu'elle s'éloignait chaque fois qu'elle s'en approchait. Résolument. Inlassablement.

— Je vais vous aider. Vous étiez en camping en bordure du lac Pervenche. Vous étiez avec votre sœur Myriam, votre nièce Laurie, et…

— Mon fils Samuel.

— Ça revient un peu on dirait.

— Comme au « goutte-à-goutte ». Vous êtes certaine que ce n'est pas un rêve?

— Malheureusement non...

Catherine sentit alors les petits poils de sa nuque et de ses bras se redresser en signe d'appréhension.

— Que s'est-il passé? Pourquoi ai-je été arrêtée et droguée? Je ne comprends rien!

Catherine cria sa dernière phrase au visage de la femme. Elle se mit à marcher de long en large dans la cellule, comme un animal prit au piège. Le regard de la femme était à la fois empli de dureté et de tristesse. Elle soupira et sortit une autre série de photographies du dossier.

— Cela sera violent, mais nous nous sommes aperçus que la dure réalité est ce qui aide le plus les victimes à se souvenir.

Elle remplaça alors les photographies des cartes d'identité par de nouveaux clichés. Catherine s'approcha lentement, avec appréhension, des barreaux de la porte et se pencha vers les images. Son cerveau embrumé et confus prit quelques secondes, presque une minute, à enregistrer l'horreur des clichés. Des corps déchiquetés par ce qui semblait être un animal. Elle vit des petits bras tout blanc, comportant des traces de dents, des égratignures, des plaies béantes. Et du sang. Beaucoup de sang. Elle reconnut le visage tuméfié de la femme de la photo. *Ma sœur Myriam*, doit-elle se forcer à se remémorer. Ses vêtements sont déchirés, ses bras et son abdomen lacérés, comme si elle avait lutté férocement contre une bête sauvage. Sa gorge est ouverte en une plaie béante. Le frêle petit cou de sa nièce est plié dans un angle non naturel, le nez en partie arraché et pendouillant par un petit bout de peau sur le visage ensanglanté. La mâchoire est visiblement enfoncée, les dents cassées. Le petit garçon a des traces de griffure profondes sur le visage, et une branche est enfoncée dans son œil. Il a visiblement été victime d'un ou de plusieurs coups à la tête à l'aide de la branche, dont le dernier impact a coincé l'arme improvisée dans la cavité oculaire. Son lainage, à l'effigie d'un ourson, est maculé de sang.

Catherine s'effondra sur le sol en ciment, incapable de reprendre son souffle. Elle savait ce qui s'était passé, elle était juste incapable de s'en souvenir. Son cerveau refusait de céder du terrain. Elle voulait se rappeler. Elle *devait* se rappeler.

— Essayez de vous souvenir. Vous êtes arrivés tous les quatre sur le site du camping…

— Hier en fin d'avant-midi.

— Que s'est-il passé ensuite?

— J'ai eu une très grosse semaine. Ma sœur s'est offerte pour s'occuper des enfants afin que je puisse me reposer au bord de l'eau.

Lentement, en se faisant prendre par la main par la détective, Catherine commença à entrevoir ce qu'elle avait oublié. Elle avait eu à traiter un gros dossier de poursuite au cabinet; elle devait y avoir travaillé une soixantaine d'heures durant la semaine, mais elle tenait à aller faire du camping. Elle avait donc mis les bouchées doubles afin de pouvoir aller chercher Samuel chez son père et l'amener pour deux jours en forêt en compagnie de Myriam et de Laurie. Elle ferma les yeux, tentant de se rappeler les moindres détails. Elle se sentait cependant étrangement détachée, comme si elle était témoin de la vie de quelqu'un d'autre. Elle n'était pas certaine à cent pour cent de croire la femme lorsqu'elle lui affirmait que ce n'était pas un rêve.

— Vous êtes donc assise tranquillement sur le bord du lac. Que faites-vous?

— Les enfants jouent en se chamaillant et ça fait beaucoup de bruit. J'ai besoin de me détendre un peu.

— Vous décidez donc d'écouter de la musique sur votre lecteur MP3, c'est bien ça?

— Comment le savez-vous?

— C'est une action récurrente survenue durant l'événement…

— Vous n'arrêtez pas de dire « l'événement », mais qu'est-ce que c'est?

— Je ne veux pas vous influencer, je dois vous interroger jusqu'au bout afin d'établir les paramètres exacts de ce qui s'est passé. Continuez.

— J'écoutais du… du Justin Timberlake, et… un bruit dans les écouteurs… et… je me réveille en courant dans la forêt.

— Comme les autres victimes.

— Les victimes de quoi à la fin?!

Catherine commençait à être agacée et exaspérée par les réponses cryptiques de la détective.

— Nous ne savons pas encore qui est le responsable de l'événement. Est-ce un acte terroriste? Probablement. Mais pour l'instant, c'est la pagaille et nous essayons de comprendre. Il s'avère qu'apparemment tous ceux qui écoutaient de la musique sur un support de lecture MP3 avec des écouteurs, ou bien qui parlaient au téléphone à l'aide d'un dispositif mains libres inséré dans l'oreille, furent les victimes d'un signal quelconque.

Catherine était perdue. Elle ne comprenait pas ce que cette femme tentait de lui expliquer.

— C'est ce signal qui m'a fait perdre la mémoire?

— Entre autres choses. Vous avez été victime d'une furie meurtrière. Certaines personnes ont eu plus de chances : elles ont pu être arrêtées à temps, avant de commettre l'irréparable. D'autres ont succombé à leur propre crise de rage, leurs victimes ayant pris le dessus.

— Vous essayez de me dire que j'ai survécu à l'attaque d'un enragé, mais que j'ai été incapable de sauver ma famille du massacre?

Catherine, toujours prostrée sur le plancher dur et froid, ressentit soudainement comme un coup de masse dans la poitrine. Son souffle se coupa. La froideur qui l'avait envahie un peu plus tôt à la vue des photographies des cartes d'identité, ne reconnaissant pas les gens y figurant, se dissipa brusquement. L'engourdissement fit place à la douleur, qui déferla en elle comme de l'eau rejetée d'un barrage. Sa tendre sœur, sa complice. Sa nièce, si angélique et taquine. Son cher Samuel, qui se remettait lentement du divorce de ses parents et qui recommençait tout juste à lui montrer de l'affection, lui qui s'était senti rejeté par Catherine lorsque la garde partagée avait été décidée. Ils étaient tous morts, et elle, laissée seule en plein cauchemar.

— Non, dit la détective.

La voix de la femme ramena Catherine à l'instant présent. Elle leva son visage vers cette dernière, les larmes coulant librement sur ses joues. Elle avait perdu le fil de la conversation, ses pensées tournées vers ses disparus.

— *Non*, quoi?

— Vous n'avez pas survécu à l'attaque.

— Je ne comprends pas… je suis morte?

Tout ça aurait alors plus de sens. Elle était prise au purgatoire, perdue dans sa douleur. Elle n'était pas croyante, mais pour le moment, c'est la seule analogie qui lui venait en tête.

— Vous n'êtes pas morte. Je dois malheureusement vous informer que vous avez sauvagement assassiné votre sœur, votre nièce et votre fils. Pendant plusieurs minutes, vous avez été prise d'une rage incontrôlable et animale et vous avez tué tous ceux qui étaient sur votre passage.

Le hurlement de Catherine put être entendu jusqu'à l'extérieur du bâtiment, se joignant à ceux des autres *victimes*, se rappelant soudainement les actes atroces qu'elles avaient perpétrés.

Le tapis magique

Note de l'auteure

Afin de savourer pleinement l'histoire qui suit, je vous invite à aller admirer l'œuvre de William Whitaker intitulée « Magic Carpet » :
http://www.williamwhitaker.com/B_HTML_files/09_retro/gallery1/magiccarpet.htm.

***

Peu importe que William Whitaker soit né à Chicago en 1943, et que son père était également un artiste. Il n'est qu'accessoire de savoir que ledit tableau intitulé « Magic Carpet » a été peint en 1981. L'anecdote précisant que le modèle ayant posé pour le tableau a aujourd'hui la mi-quarantaine, qu'elle est toujours aussi ravissante, et que le chat de l'artiste est mort depuis longtemps nous est complètement inutile. Les œuvres sont là pour être admirées et faire rêver. Quand je regarde l'image de cette belle jeune femme, nouant ses cheveux sous le regard d'un chat siamois aux yeux perçants, je me plais à réaménager l'historique du moment. La réalité est parfois si morne, si banale.

Donc, il était une fois un garçon nommé William…

***

Je n'étais que le faible mirage d'un jeune homme en devenir lorsque je la rencontrai pour la première fois. J'en étais cependant devenu un lorsqu'elle nous quitta, et je savais que ma conception de la vie ne serait plus jamais la même. Je suis incapable de me souvenir de ses traits, la vision envahissante du dernier instant furtif où je posai mes yeux sur elle refusant de céder sa place. Je me rappelle cependant sa douceur, sa discrète joie de vivre et, surtout, sa beauté intemporelle. Je suis certain que, si elle vit encore, elle ne se souvient en rien de l'adolescent turbulent qu'elle côtoya l'instant d'un court été du début du vingtième siècle.

Laissez-moi le soin de commencer par le début. Cette année-là, mon père avait décidé d'engager du personnel de maison additionnel pour l'été en prévision du mariage de ma sœur, qui serait grandiose, ainsi qu'à l'occasion du quarantième anniversaire de ma mère, qui ne serait point non moins magistral. Toute la famille, même celle qui était éloignée, fut invitée. J'étais d'une fébrilité extrême à l'idée de revoir mes cousins pour les festivités.

Je trépidais d'impatience et ne cessais de regarder par la fenêtre, n'osant point cligner des yeux, comme si le fait de garder mes yeux rivés sur le chemin que j'apercevais au loin ferait apparaître mes cousins. Tout à coup, je vis le nuage de poussière annonciateur d'une carriole se profiler dans le lointain. J'appelai ma mère pour l'en aviser et je sortis sur le balcon, prêt à sauter sur mes cousins pour leur faire part des mille et un coups que j'avais prévus durant leur visite. Cet été serait mémorable!

Cependant, je fus amèrement déçu lorsque je m'aperçus que ce n'était en rien la visite tant espérée, mais un couple d'inconnus accompagné d'une jeune fille se tenant légèrement en retrait, un chat siamois blotti tendrement entre ses bras. La dame était cuisinière, son mari homme à tout faire, et leur fille pouvait aider à l'entretien journalier de la maison et des invités. Ils furent engagés sur le champ, ma mère trop contente de pouvoir compter sur du personnel de maison additionnel.

Moi qui n'avais comme objectif premier que de jouer avec mes cousins et de profiter de ce joyeux été, je fus subjugué par la jeune et timide adolescente, qui gardait les yeux baissés sur le sol, un doux sourire rêveur sur ses lèvres. Contre toute attente, je mis de côté presque tous mes projets d'aventure afin de rester aux alentours de la maison, ne voulant manquer aucune occasion de croiser le chemin de la jolie femme de chambre. Je me surpris à rester à l'affut du chantonnement discret de la jeune fille, signe avant-coureur de sa présence aux alentours.

Cet ange à l'effigie d'une discrète jeune fille semblait venir d'un autre monde, où tout n'était que douceur et paix. Elle ne marchait pas, elle flottait au rythme de son chant. Elle hantait mes jours et mes nuits, et je ne vivais que pour l'espoir de la voir apparaître au détour d'un couloir. La simple vision de sa sublime silhouette, les cheveux noués en un léger chignon qui ne pouvait empêcher quelques mèches de cheveux de s'échapper de l'étreinte de son ruban de soie, me bouleversait.

Tôt en matinée ainsi qu'en soirée, lorsque mes parents me pensaient sagement au lit, je ne pouvais m'empêcher de m'enfuir discrètement de la maison afin de m'approcher subtilement de leur minuscule maisonnette du quartier des employés. J'avais parfois la chance de l'apercevoir un instant au naturel, les cheveux défaits et sans le sévère costume noir et blanc des femmes de chambre. J'étais amoureux. Un amour passager, de jeunesse, mais pour le jeune adolescent que j'étais, c'était celui de ma vie.

Les festivités passèrent, les différents membres de notre famille partirent les uns après les autres et le contrat des domestiques temporaires vint à échéance. Mon cœur se serra et la tristesse m'envahit. Ma mère crut que mon air maussade était dû au départ de mes cousins, mais il n'en était rien.

Ce matin là, le dernier, je ne puis m'empêcher d'aller rôder autour de la maisonnette. J'entendis soudainement sa voix harmonieuse, et je me permis un rapide coup d'œil par la fenêtre entrebâillée. Elle était de dos, agenouillée sur un simple tapis, sa blouse blanche légèrement entrouverte dans son dos, laissant entrevoir la délicate courbe de la chute de ses reins. Un rayon lumineux frappa son corps et elle se transforma en un cygne majestueux, prêt à prendre son envol. Presque malgré moi, je posai les yeux sur le bas de son dos, laissant doucement mon regard remonter le long de sa parfaite échine. Le cœur battant la chamade à la simple pensée de mon audace, je laissai mes yeux vagabonder le long de ses bras, légèrement levés au-dessus de sa tête afin de nouer sa chevelure aux reflets cuivrés, pour finir mon voyage céleste au creux de sa nuque parfaite. C'est à ce moment-là que son chat tourna subitement la tête pour me regarder droit dans les yeux, de son regard inquisiteur et accusateur. Je pris peur, comme si le félin était une extension d'elle-même, et je me sauvai. Ce fut la dernière fois que je la vis.

Une fois à l'université, lorsque je me sentais seul dans ma chambre, je n'avais qu'à fermer les yeux pour revivre ce moment unique. Dans mes rêves, je prenais mon courage à deux mains et je m'approchais d'elle afin de déposer un léger baiser à la racine sa divine chevelure, avant qu'elle ne disparaisse sur son tapis magique. Jamais je ne parlai de cet événement à qui que ce soit, cet instant volé faisant partie de mon jardin secret.

Une fois mes études terminées, je pris ma place au sein de l'entreprise familiale, je me mariai et j'eus des enfants. Je fis ce qu'on attendait de moi, et c'était très bien ainsi. Je ne me mis à la peinture qu'une fois la retraite venue. Bien que je n'y eus plus pensé depuis près de quarante ans, le souvenir de cette jeune fille magnifique me revint. Encore aujourd'hui, en regardant cette peinture, je ne puis m'empêcher de souhaiter qu'elle se retourne finalement pour me regarder, afin que je puisse me rappeler ses traits, qui devaient être assurément aussi magnifiques et enchanteurs que sa voix.

Raggedy Ann

Sébastien remplit le verre d'eau que lui avait demandé Maryse tout en se regardant d'un œil distrait dans le miroir se trouvant au-dessus de l'évier. Il n'était ni beau, ni laid. L'adjectif le décrivant le plus justement était « quelconque ». Il se détourna du miroir, se demandant à nouveau la raison de la visite de sa belle-soeur. Il ferma le robinet et, le verre à la main, retourna au salon où elle l'attendait. Il ne le savait pas encore, mais il lui restait moins de cinq minutes à vivre.

***

Quelques heures plus tôt…

Elle était à l'extérieur avec sa fille Élodie. Elle la tenait de manière protectrice par la main, tandis que la fillette sautillait joyeusement à ses côtés, fière de son costume de poupée de chiffon Raggedy Ann. Cette année, son costume d'Halloween était particulièrement réussi. Elle avait une perruque faite de bouts de laine orange, une robe bleue ornée de petites fleurs, un tablier blanc, des bas rayés blanc et rouge, un triangle rouge dessiné sur le nez ainsi que des pommettes poudrées. Pour sa dixième

Halloween, Élodie avait tenu à être originale et que son costume soit différent de ceux vendus en grandes surfaces.

Voyant un groupe d'enfants se diriger vers une maison majestueusement décorée de sorcières et de fantômes, Élodie demanda à sa mère, en langue des signes :

— *Je peux y aller, maman?*

— *Oui*, répondit-elle de la main droite.

Maryse lâcha donc la main de sa fille et rejoignit un groupe de quatre parents qui jasaient ensemble, tout en surveillant leur progéniture d'un œil distrait. Bien qu'elle fût sourde, Maryse avait su s'intégrer et apprendre à lire sur les lèvres. Elle avait également appris à maîtriser le timbre et le volume de sa voix afin de pouvoir s'exprimer par la parole.

Les enfants revinrent vers leurs parents respectifs, leur sac de bonbons déjà lourd de victuailles. Maryse se retourna, mais ne vit pas sa fille. Elle commença à marcher rapidement à travers les enfants et les parents en cherchant sa petite Raggedy Ann. Elle ne vit nulle part la petite perruque de laine orangée. Ses mains commencèrent à trembler, son cœur à s'emballer. Où était-elle passée? Maryse commença à saisir les parents et les enfants par les bras et les épaules, demandant de sa voix maintenant criarde et inarticulée, s'ils avaient aperçu sa petite fille, sa petite poupée. Les gens commencèrent à s'inquiéter de voir une femme affolée au parler étrange demander s'ils n'avaient pas vue sa Raggedy Ann. Une mère anxieuse pour la sécurité des enfants se dirigea vers une voiture de patrouille et pointa Maryse du doigt. L'officier s'approcha et…

Maryse se réveilla en hurlant, serrant la poupée de chiffon sur son cœur. Gaétan entra en courant dans la chambre d'Élodie, où Maryse s'était endormie. En le voyant, Maryse ressentit un immense soulagement : ce n'était qu'un cauchemar. Encore endormie malgré son réveil brutal, elle embrassa son environnement du regard. Que faisait-elle dans la chambre de sa fille? Elle regarda alors son mari dans les yeux, et la réalité lui revint de plein fouet. Elle serra plus fort la poupée sur son cœur : sa fille avait disparu deux jours auparavant, le 31 octobre.

Maryse se mit à crier en pleurant, et son mari s'approcha afin de la serrer dans ses bras. Après quelques secondes, il l'éloigna un peu de son torse et la força gentiment à le regarder pour qu'elle puisse lire ses paroles sur ses lèvres.

— Calme-toi, chérie, ils la retrouveront, plaida-t-il pour la millième fois.

Maryse le repoussa brutalement et l'invectiva. Elle déposa la poupée sur ses genoux et commença à parler rapidement avec les mains :

— *Trouve ma fille au lieu de rester planté là. Trouve-la!*

Gaétan s'éloigna, résigné et blessé, et sortit de la chambre en fermant la porte dernière lui.

— Comment va-t-elle? demanda Sébastien.

Gaétan regarda son jeune frère, découragé.

— Pas mieux. Je ne sais pas quoi faire. Elle reste dans la chambre d'Élodie, la poupée à ses côtés. Elle me repousse, comme si c'était ma faute. Je n'en peux plus d'attendre l'appel des policiers et, en même temps, je le redoute.

Gaétan se mit à pleurer, la tête entre les mains.

Sébastien le dévisagea, un air de dégoût sur le visage. Comment sa si jolie belle-sœur s'était-elle ramassée avec un vieux chnoque comme ça? C'était pourtant lui qui l'avait rencontrée en premier au vernissage de la galerie où elle exposait ses photographies. Il avait été touché par la sensibilité que ses images laissaient transparaître. Après seulement deux rendez-vous, il fit la gaffe monumentale de ramener Maryse à la maison pour un souper en famille. Il n'en prit pas plus pour qu'elle tombe dans les pattes de Gaétan, qui était vingt ans son aîné. Il ne l'avait jamais reproché à Maryse, mais il en avait voulu à son frère. Cependant, et comme il avait toujours fait, il s'était effacé. Il était quelconque, tandis que son frère était un riche homme d'affaires, à la fois charmant et de bonne conversation.

Le pleurnichage de Gaétan l'écœurait au plus haut point. Son attitude de perdant faisait cependant bien l'affaire de Sébastien… Maryse finirait bien par voir que son mari était un bon à rien, et l'attentionné beau-frère serait là pour la consoler.

***

— *Maman?*

Maryse leva la tête au son de la voix de sa fille. Elle regarda autour d'elle. Il n'était pas possible qu'elle *entende* la voix d'Élodie, c'était assurément le fruit de son imagination. Néanmoins, quelque part au fond de son cœur de mère, Maryse était convaincue que sa fille entrait en contact avec elle. Elle était toujours vivante! Élodie, contrairement à Maryse qui avait perdu l'audition dans l'enfance, était sourde de naissance et n'avait jamais voulu communiquer par la parole. À cause de leur handicap commun, la mère et la fille avaient toujours été très proches et il semblait souvent qu'elles communiquaient par télépathie. C'était comme si leur sixième sens avait pris le relais de celui qui était manquant.

— *Maman? Il fait noir.*

— *Je suis là*, répondit Maryse par la pensée. *Où es-tu?*

— *Dans une cave. Il fait froid, il fait noir.*

— *Tu es seule?*

— *Non, nous sommes quatre. Nous avons peur.*

Maryse était abasourdie. Ses mains se mirent à trembler, sa respiration à s'accélérer. Sa fille avait été kidnappée avec trois autres fillettes. Elle se leva précipitamment du lit et se dirigea vers la porte. Elle devait avertir Gaétan de la situation. Elle devait transmettre aux autorités cette nouvelle information.

— *Amène-moi avec toi!*

Aussi incongru que cela puisse sembler, la voix semblait maintenant provenir du lit. Maryse sentit les petits poils de sa nuque se relever. Elle commença à se retourner, lentement. La poupée de chiffon se tenait assise, bien droite, les deux bras tendus vers l'avant.

C'était impossible! C'est alors que Maryse remarqua une larme couler sur la joue en tissu de la poupée Raggedy Ann. Elle comprenait maintenant à quel point leur surdité les avait rendues complices. Cet étrange contact confirmait ce qu'elle avait toujours cru : elle et sa fille étaient liées par leur sixième sens. Gaétan en avait toujours ri, mais elle savait qu'elle avait raison. Sa fille était vivante et elle utilisait sa poupée préférée, celle dont elle avait pris l'effigie pour aller faire la cueillette de bonbons, afin de communiquer avec elle.

— *Aide-nous*, crièrent alors plusieurs voix à l'unisson.

Maryse, malgré son cœur battant la chamade, se tourna lentement vers la banquette de la fenêtre où se trouvait la collection de poupées de sa fille. Trois poupées de porcelaine tendaient maintenant les bras, leurs yeux de verre implorants. Maryse s'agenouilla devant elles en tremblant, et les poupées lui racontèrent leur histoire.

***

Maryse s'élança hors de la chambre de sa fille, la poupée de chiffon entre les bras. Durant la dernière heure, les fillettes, par l'entreprise des poupées, avaient décrit avec détails leurs enlèvements respectifs. Elle trouva Gaétan étendu dans le salon, un verre de scotch à ses côtés. Elle se planta devant lui et, conscient d'une présence à ses côtés, il ouvrit les yeux. Trop énervée pour prendre le temps d'utiliser sa voix pour lui expliquer la situation, Maryse posa la poupée sur la table de salon et commença à expliquer l'insolite situation à son mari.

— *Elles sont dans la cave chez Sébastien!*

— De qui tu parles?

— *Élodie et les autres fillettes! Il y a Martine, Stéphanie et Pier. Elles ont toutes été enlevées par Sébastien. Martine a été enlevée il y a huit mois, Stéphanie il y a dix mois et Pier il y a trois mois.*

— Qu'est-ce que tu racontes, Maryse? Tu as lu ça dans le journal?

— *Non, elles me l'ont dit. Les poupées me l'ont dit.*

— Je crois que je serais mieux d'appeler le médecin. Tu es en train de devenir folle Maryse! Les poupées te parlent maintenant!

— *C'est ma connexion télépathique avec Élodie. Ton frère Sébastien les a enlevées. Elles m'ont décrit ce qu'il leur a fait. L'espèce de salaud!*

— Voyons donc, Maryse! Tu as fait un cauchemar, c'est tout. Sébastien était là tantôt, tu te rappelles? Je suis venu t'en informer, mais tu ne voulais pas le voir. Dans ton sommeil agité, tu as mélangé la réalité avec la fiction et ça a créé une histoire abracadabrante dans ta tête. Écoute-toi un peu : des poupées t'ont raconté s'être fait enlever par mon propre frère. C'est ridicule!

Maryse regarda son mari, les poings serrés. Il ne la croyait pas. Si même lui était incapable de croire ce qu'elle racontait, comment des policiers le pourraient-ils? Elle-même avait eu de la difficulté à croire les fillettes, alors là, des étrangers, il ne fallait pas trop y compter. Sébastien était un homme doux et gentil. Comment pourrait-il être un pédophile? Se pourrait-il que Gaétan ait finalement raison et qu'elle soit troublée au point d'entremêler la réalité avec son cauchemar? Maryse reprit délicatement la poupée de chiffon qu'elle avait déposée sur la table du salon, et retourna s'enfermer dans la chambre d'Élodie.

***

Gaétan ferma les yeux, tentant de savourer son verre de Glenfiddich. Compte tenu de la situation cauchemardesque dans laquelle il se trouvait, c'était bien entendu peine perdue. Il gardait cet alcool pour une grande occasion : il croyait que l'enlèvement de sa fille entrait dans cette catégorie. Il ne savait plus quoi faire. Son frère le regardait comme s'il était une merde méritant pleinement ce qui lui arrivait, les policiers étaient aussi bavards que des carmélites en pleine retraite contemplative et sa femme était en train de devenir folle. Il prit une nouvelle gorgée de scotch. Lui qui buvait habituellement peu, il en était à son troisième verre.

Du coin de l'œil, Gaétan entrevit soudainement un ombrage se profilant sur le mur du couloir faisant face au salon. Il tourna la tête vers la droite et vit ce qui semblait être l'ombre de sa petite Élodie, vêtue de son costume d'halloween. Gaétan se releva sur un bras pour avoir une meilleure vue de l'entrée du salon : c'est alors qu'il aperçut la poupée de chiffon appuyée sur le chambranle. Il aurait pourtant juré que Maryse avait ramené le jouet avec elle dans la chambre de leur fille. Il ferma fermement les yeux et les rouvrit. L'ombre avait disparu, ainsi que la poupée. Gaétan s'assit sur le divan, se frottant les yeux des deux mains. Il devait garder les idées claires, et réfléchir aux affirmations de Maryse. Il ne croyait évidemment pas qu'Élodie parlait à sa mère à travers une poupée. Cependant, peut-être que Maryse avait inconsciemment mis le doigt sur quelque chose. Il se leva et alla à la cuisine afin de se concocter un café bien fort. Il ne pouvait pas, ne *devait* pas, se laisser aller ainsi. Il prit le breuvage chaud et se dirigea vers son bureau afin de faire quelques recherches.

Gaétan ne lisait jamais les faits divers des journaux, se concentrant aux pages financières. Les noms que Maryse lui avait mentionnés, Stéphanie, Martine et Pier, ne lui disait vraiment rien. Il était temps de faire quelques vérifications. Gaétan ouvrit Google et inscrivit quelques mots-clés. À son grand étonnement, il trouva rapidement l'information qu'il cherchait : Stéphanie Gervais, enlevée le vingt décembre de l'année précédente durant son trajet vers la maison à son retour de l'école; Martine Métivier, enlevée le quinze février suivant en revenant de son cours de ballet; et finalement Pier Drainville, enlevée le dix-huit juillet en allant au dépanneur. Pour les deux premières, les témoins avaient parlé d'un homme de taille moyenne et d'allure ordinaire sans signes distinctifs, âgé entre trente et quarante ans.

Gaétan recula sur sa chaise, les bras croisés sur sa poitrine. Il essaya d'analyser froidement les faits. Son frère avait trente-trois ans et correspondait physiquement à la description… *tout comme des milliers de personnes*, se sermonna Gaétan, tentant de garder son objectivité. Toutefois, lorsque Sébastien était venu leur rendre visite durant l'après-midi afin de s'enquérir du progrès des recherches et de la santé de Maryse, Gaétan avait remarqué des griffures au niveau de son cou. Il s'en était enquis auprès de son frère, tentant de faire comme s'il s'intéressait à autre chose qu'à son propre malheur. Sébastien avait maladroitement expliqué qu'il avait trouvé le chat de sa voisine errant dans la rue, et qu'il l'avait pris dans ses bras afin de le lui rapporter. C'était à ce moment-là que le félin lui aurait griffé le cou. Gaétan réfléchit. Son frère était allergique aux chats et aux chiens en plus d'être pratiquement germanophobe. Il était donc plus que surprenant qu'il ait même eu l'idée de toucher un animal rôdant à l'extérieur. Gaétan décida de se faire un autre café afin d'y voir plus clair.

***

Après avoir tenté gauchement d'expliquer sa connexion inusitée avec Élodie et les fillettes détenues avec elle, Maryse retourna dans la chambre de sa fille et se coucha sur le lit, Raggedy Ann serrée sur sa poitrine. Elle dut s'assoupir quelques minutes, car elle fut réveillée par le bruit de la porte de la chambre se refermant sur ses gonds. Maryse s'assit sur le lit et remarqua que la poupée de chiffon lui faisait désormais face et qu'elle était assise au pied du lit. Ressentant un vertige, Maryse ferma les yeux.

— *Libère-nous!*

Maryse ouvrit subitement les yeux. Les trois poupées de porcelaine, représentation surnaturelle des trois autres fillettes, s'étaient approchées du lit. En dépit du fait qu'elles étaient constituées de porcelaine et de tissus, Maryse était convaincue d'apercevoir de la supplication dans leurs yeux de verre, ainsi que de la douleur dans leurs traits. Aussi cinglé que tout cela fût, Maryse ne pouvait s'empêcher de se dire : *et si c'était vrai?* Elle n'avait jamais vu son beau-frère avec une autre femme. Il était attentionné avec Élodie. *Un peu trop peut-être*, se dit-elle après réflexion. Les fillettes lui avaient décrit la maison où elles se trouvaient, ainsi que leur assaillant. Élodie avait même confirmé que c'était son oncle Sébastien.

L'esprit de Maryse était partagé. D'un côté, elle croyait les accusations des fillettes, de l'autre, elle doutait de sa santé mentale dans ce moment de stress intense. Son côté logique la poussait à se demander, encore une fois, si Gaétan n'avait pas raison après tout : la douleur lui avait fait imaginer ce scénario loufoque. Dans les faits, elle n'avait jamais réellement vu les poupées bouger. Elle avait remarqué qu'elles étaient soudainement disposées d'une façon différente. Et si c'était elle qui les avait déplacées inconsciemment? Elle avait tellement envie de retrouver sa fille! L'explication de son mari se tenait : dans son sommeil agité, l'annonce de la visite de Sébastien s'était mêlée à son cauchemar. Toutefois, elle ne pouvait s'empêcher de regarder les poupées avec un questionnement : et si sa fille, avec qui elle était connectée à un niveau cérébral unique, essayait réellement de lui envoyer un message par l'entreprise d'une forme physique qui lui était familière? Maryse se dit qu'une visite impromptue chez Sébastien ne lui coûterait rien, à part sa fierté peut-être. Elle savait que son beau-frère était toujours amoureux d'elle. Aussi bien se servir de cette carte pour aller vérifier sur place.

Sa décision prise, Maryse ouvrit la porte de la chambre d'Élodie et regarda dans le couloir. Elle voyait la luminosité de l'écran d'ordinateur dans le bureau de Gaétan, et elle aperçut un mouvement : il était dans son bureau. Maryse se déplaça sur la pointe des pieds vers la cuisine, où elle dénicha un grand sac de plastique. Elle continua dans la chambre principale afin d'aller chercher son sac à main. Elle retourna ensuite dans la chambre de sa fille. Délicatement, elle prit les trois poupées de porcelaine ainsi que la poupée de chiffon et les plaça dans le sac. Elle ouvrit la fenêtre et sortie à l'extérieur, le sac de plastique à la main.

***

Gaétan s'était convaincu qu'une bonne discussion entre frères s'imposait maintenant, quitte à mettre un terme, une bonne fois pour toutes, à la relation fraternelle déjà boiteuse qu'ils entretenaient. Il lui expliquerait que Maryse lui avait demandé de vérifier la résidence de tous les hommes qui avaient des relations familiales ou amicales avec leur fille, puisque ce genre de crime était souvent perpétré par quelqu'un près de l'enfant. La totalité de l'explication tenait du mensonge, mais son frère avait des sentiments très forts pour Maryse, Gaétan le savait bien. Il serait plus facile de faire passer « la pilule » s'il croyait que la demande venait de sa belle-sœur. Maryse et lui se libéreraient ainsi l'esprit et n'auraient plus aucun doute sur la culpabilité de Sébastien. Ne voulant pas réveiller sa femme, qui était retournée se coucher dans la chambre d'Élodie un peu plus tôt dans la soirée, Gaétan lui laissa un mot sur un *post-it* sur le mur juste en face de la pièce et prit ses clés de voiture. *Dans moins d'une heure*, se dit-il, *je saurai à quoi m'en tenir*.

***

Sébastien vivant en banlieue de la ville, Maryse prit un taxi pour se rendre chez lui. Elle arriva à destination près de quarante-cinq minutes plus tard. Elle paya avec sa carte de crédit et descendit de la voiture. Il était près de vingt et une heures et la noirceur s'était installée. Le salon était illuminé, et elle vit une ombre se déplacer à l'intérieur. Son beau-frère était à la maison. Elle rassembla son courage et monta les marches, le sac fermement tenu dans sa main au point que ses ongles s'enfonçaient dans sa paume. Elle sonna et attendit. La lumière du porche alluma quelques secondes plus tard, et Sébastien ouvrit la porte.

— Maryse?

— Allô Sébastien, fit Maryse d'une voix qu'elle espérait stable. Je peux entrer?

— Bien sûr, entre. Gaétan sait que tu es ici?

— Non. J'ai besoin de te parler.

Sébastien laissa Maryse entrer dans la maison et ferma la porte derrière lui. Il se demandait bien ce que sa belle-sœur lui voulait. Elle avait probablement réalisé combien son vieux crouton n'était pas à la hauteur de la situation, et elle avait finalement compris qu'elle n'avait pas choisi le bon frère. Elle devait très certainement regretter son choix de temps à autre. Avec un espoir naissant, Sébastien guida Maryse au salon.

— Est-ce que tu veux quelque chose à boire, Maryse?

— Un verre d'eau, merci.

Sébastien s'éloigna vers la cuisine, qui se trouvait à

l'arrière de la maison.

— *Maman, sors-nous de là!*

Maryse baissa son regard vers le sac. Était-ce les fillettes qui lui demandaient de les sortir de la maison ou bien les poupées qui demandaient à sortir du sac? Maryse sentait sa raison glissée vers la folie. *Élodie et les fillettes sont probablement enfermées à la cave, entravées et bâillonnées. Les poupées ne sont que leur étrange moyen de communication, rien de plus*, se raisonna-t-elle. La porte de la cave se trouvait entre le salon et la cuisine. Elle se leva du canapé et avança dans le couloir, silencieusement espérait-elle. Elle devait se dépêcher. Elle saisit la poignée de la porte, qui s'ouvrit sans résistance. Maryse tourna la tête vers la cuisine : Sébastien semblait encore s'y trouver. Elle descendit rapidement sur la première marche, et ferma la porte derrière elle. Elle se rappelait qu'il y avait une lumière en haut de l'escalier et une autre au bas. Ne voulant pas alerter Sébastien avant d'avoir libéré les fillettes, Maryse descendit dans le noir. Elle venait d'atteindre la cordelette de l'ampoule nue lorsque le hurlement de son beau-frère se fit entendre à travers la demeure. Elle n'entendit rien.

***

Sébastien pénétra dans le salon, le verre d'eau de Maryse à la main. Il se figea soudainement, incapable de comprendre ce qu'il voyait. Maryse n'était plus dans le salon. Sur le canapé, une poupée de chiffon et trois poupées de porcelaine le regardaient. Elles étaient quatre. Ce ne pouvait pas être un hasard. La cave. Maryse devait y être descendue. Paniqué, Sébastien déposa rapidement le verre d'eau sur la table de salon et se retourna. Son cri de surprise se bloqua dans sa gorge. Elles étaient là, Élodie, Mélanie, Stéphanie et Pier. Elles étaient sales, leurs vêtements étaient dépenaillés et elles avaient le regard accusateur. Il fit un pas en arrière et tomba à la renverse sur la table du salon. Il se retourna, cherchant en vain une arme à utiliser : les poupées le regardèrent, un rictus haineux sur le visage. C'était impossible! Comme dirigées par l'esprit des fillettes se tenant au seuil de la porte, les poupées lui sautèrent au visage. Leurs petits doigts de porcelaine déchirèrent sa peau, une main de glace lui creva un œil. Aveuglé, il essaya de se lever avant de retomber lourdement sur le dos, poussé par ses assaillantes. Une main posée sur son œil ensanglanté, Sébastien leva la tête : la poupée de chiffon se tenait entre ses deux jambes, un couteau à steak entre ses mains de tissu. Elle leva l'arme aussi haut que lui permettait son petit bras et fit une courte pause, un sourire mauvais sur le visage. Sébastien, prostré et terrorisé sur le plancher, put ainsi contempler, de son œil toujours valide, le visage même de la vengeance. Le hurlement trouva finalement son chemin à travers sa gorge et Sébastien cria de façon démentielle tandis que les poupées le déchiquetaient sous le regard rieur des fillettes à la peau d'albâtre.

***

Gaétan se stationna dans la rue en face de la maison de Sébastien. Il y avait de la lumière à l'intérieur. Il resta là, assis, réfléchissant une dernière fois à la justesse de sa décision de venir ainsi confronter son frère. Il savait que Sébastien ne le tenait pas en haute estime. Pour lui, Gaétan n'avait rien trouvé de mieux que de lui voler Maryse il y avait de ça près de onze ans. Que ce soit Maryse qui avait fait les premiers pas n'avait pas d'importance aux yeux de Sébastien. La faute incombait naturellement à Gaétan. Ne voyant aucune autre solution pour libérer sa conscience, il prit donc son courage à deux mains et sortit de la voiture pour se rendre sous le porche de la maisonnette. Il sonna à deux reprises : aucune réponse... que le silence glacial et lugubre de novembre. Gaétan tenta d'apercevoir quelque chose à travers la petite vitre givrée de la porte : sans succès. Il essaya la poignée, qui tourna sans entrave. Après une brève hésitation, il ouvrit finalement la porte d'entrée.

Gaétan aperçut immédiatement les pieds de Sébastien dans le couloir, le reste du corps toujours dans le salon. Il s'élança pour se figer immédiatement à la vue d'horreur : son frère était couché sur le dos, maculé de sang. Il avait les yeux crevés et la peau de son visage était lacérée, comme si un animal sauvage s'était acharné sur lui. Son abdomen était ouvert et ses viscères s'en échappaient, gluants et saignants. Il avait un couteau de planté dans les organes génitaux.

Gaétan tomba à genoux : *qu'as-tu fait, Maryse?* se demanda-t-il. Dans sa folie, elle avait, selon toute apparence, décidé de se venger. Que ce soit à tort ou à raison, cela restait toujours à voir. Au plus profond de lui-même, il ne pouvait pas croire que son frère fût un pédophile, un psychopathe. Gaétan retint difficilement un haut-le-cœur et se demanda où était passée sa femme.

***

Inconsciente du branle-bas de combat se produisant au premier, Maryse tira sur la cordelette de l'ampoule. Ses yeux prirent quelques secondes pour s'adapter à la lumière crue. La cave était vide. Se pouvait-il qu'elle ait eu tort? Que son chagrin lui ait fait perdre la raison? Elle se déplaça lentement sur le sol de terre battue. Sébastien était très certainement revenu au salon et se demandait où elle était passée. Elle lui devrait une explication en remontant. Maryse avait mis le pied sur la première marche de l'escalier afin de retourner au rez-de-chaussée lorsqu'elle remarqua du coin de l'œil que le sol n'était pas totalement plat. Elle recula et s'agenouilla. Après quelques secondes de réflexion, elle appuya sa joue sur le sol froid afin d'avoir une meilleure vision de sa surface. Il y avait de légers boursoufflements. Maryse se leva en tremblant et approcha du premier.

— *Maman?*

Elle se retourna vers la droite, d'où la voix de sa fille semblait provenir, s'attendant à voir la poupée de chiffon ou bien, avec un peu de chance, Élodie. Le fait qu'il lui aurait été impossible d'entendre le son de la voix de sa fille ne lui passa pas par la tête. L'espoir lui embrouillait l'esprit et les sens. Il n'y avait cependant rien dans la direction de la voix, ni fillette ni poupée. Rien à part une légère dénivellation du sol.

***

Sentant soudainement une présence près de lui, Gaétan se

détourna brusquement du cadavre de son frère et tomba nez à nez avec Élodie et trois autres fillettes. Elles étaient crasseuses, avaient le teint pâle et des cernes mauve foncé sous les yeux. Gaétan se leva péniblement en se retenant au chambranle de la porte du salon.

— Élodie?

Il s'approcha avec soulagement de sa fille et se pencha pour la serrer dans ses bras… mais ne rencontra que le vide. Il ouvrit les yeux. Il était seul. C'est à ce moment qu'il entendit un hurlement en provenance de la cave.

***

Avec appréhension, Maryse se traîna à genoux vers la petite bosse. Elle ne voulait pas savoir. Presque malgré elle, dans un état second, elle commença à creuser de ses mains nues. Elle enleva toute la surface de terre du monticule, sans donner à son cerveau la chance de constater ce que ses yeux voyaient. Elle arrêta soudainement de creuser. Sa fille, toujours déguisée de son costume d'halloween, le visage barbouillé de terre et du maquillage ayant coulé sous ses larmes, la regardait avec des yeux vides et froids. Des yeux de poupée. Maryse se pencha et souleva le corps d'Élodie. Elle hurla d'une douleur que seule une mère peut ressentir. Elle serra alors sa petite fille, sa petite Raggedy Ann, entre ses bras.

Nostalgie en trois actes et demi

Une grande ville en vaut bien une autre, me direz-vous. Elles possèdent toutes de nombreux gratte-ciels, sentinelles modernes créant un bouclier contre les rayons du soleil, allant jusqu'à le rendre presque invisible au niveau du sol. Ces métropoles sont parées de ciment et d'asphalte à perte de vue, ne laissant que quelques arbres et plaques gazonnées se faufiler au travers de ce labyrinthe cimenté, comme de mauvaises herbes poussant au travers des craquelures du trottoir.

L'hiver, les gens marchent d'un pas rapide, la tête enfoncée au creux des épaules au fond de leur capuchon, avant de s'engouffrer rapidement dans un immeuble, enfin à l'abri du froid piquant. Les passants essayent désespérément d'éviter les plaques glacées et les trous d'eau neigeuse. Le gris du ciel rejoint celui des bâtiments et de la neige sale bordant les trottoirs et les rues. On se demande ce qu'on a bien pu faire pour mériter de vivre dans ces conditions inhumaines du mois de novembre au mois de mars.

Dès que la prériode estivale se montre le bout du nez, les habitants des métropoles, incapables de supporter plus longtemps « l'encabanement » forcé des derniers mois, sortent à l'extérieur et envahissent les trottoirs. Les rues fourmillent soudainement de gens pressés vivant à cent kilomètres à l'heure. L'air empeste le monoxyde de carbone provenant des nombreux véhicules motorisés sillonnant le centre-ville, la fumée toxique émanant des nombreux fumeurs se blottissant à l'entrée des commerces et des gratte-ciels pour tirer goulûment sur leur clou de cercueil ainsi que des effluves de nourriture provenant des restaurants et des comptoirs de restauration rapide bordant les artères principales. Le tohu-bohu constant des klaxons, des travaux et des voix cacophoniques des gens rivés à leur téléphone cellulaire nous assourdit.

C'est au fil de l'été que les subtiles différences montrent le bout de leurs nez. C'est durant la saison estivale que, parfois, la nostalgie d'une autre vie me hante, lorsque je suis confrontée à une autre réalité que la métropole à laquelle je me suis habituée et attachée pendant plus de trente ans.

Le premier acte commence sur la rue Wellington à Ottawa, là où, sur de larges trottoirs, les gens font du jogging ou de la marche rapide, espérant ainsi s'octroyer quelques années de vie de plus ou bien contrer les excès de la fin de semaine. D'autres font calmement une promenade de santé, le visage levé légèrement vers le chaud soleil afin de chasser les frissons de l'air conditionné supporté toute la matinée. Ces travailleurs en promenade sur l'heure du dîner croisent de nombreux touristes prenant la pose devant la colline Parlementaire, souriant fièrement devant l'objectif d'une caméra afin de s'immortaliser à jamais devant le symbole du Canada, pays de la liberté et des grands espaces. Les rues sont propres et les gens sont civilisés. Nous sommes loin du bruyant achalandage des rues Sainte-Catherine, McGill ou bien Crescent, où tout le monde tente de se frayer un chemin par-dessus la tête de la personne les précédant afin d'atteindre le but ultime de cette marche endiablée, que ce soit un rendez-vous, une séance de magasinage, ou une marche de santé qui ressemble plus à une course à obstacles, sans savourer leur environnement et sans prendre le temps de s'arrêter. Le temps, c'est de l'argent, si tu arrêtes d'avancer, tu meurs. C'est le cri inconscient de tous ces *junkies* de la vie citadine, qui font en sorte que le cœur de Montréal bat aussi fort que celui d'un cocaïnomane hyperactif.

Le second acte prend place un peu plus haut, sur la colline du Parlement. Il est toujours impressionnant de marcher vers l'imposant bâtiment, au pied duquel des gens se prélassent, confortablement assis ou couchés sur le gazon, comme si le temps s'était soudainement arrêté, l'instant d'une petite pause bien méritée. Parfois, une bonne centaine de personnes s'étire sur des tatamis, durant une gigantesque séance de yoga. Respire, expire, étire un bras, tend le visage vers le soleil. Le rythme trépidant du centre-ville disparaît pour laisser place à une période de relaxation et de communion collective. Les gens marchent d'un pas lent afin de faire le tour de ce symbole de la capitale canadienne pour aller s'asseoir à l'ombre du kiosque surplombant la Rivière des Outaouais. Le son des mouettes remplace celui des voitures et des klaxons, l'odeur de la brise du large remplace celle du kérosène et de l'asphalte surchauffé. Je ne peux m'empêcher de m'accouder à l'imposante rampe de pierre, le visage tourné vers les eaux bleues de la rivière, les yeux fixés, malgré moi, au pont Alexandra, dont la structure ressemble légèrement à celle du pont Jacques-Cartier. Le mirage ne dure que le temps d'un vertige, qui me fait me demander où je suis réellement. À cet instant, je ne peux m'empêcher de faire une introspection sur les chemins m'ayant conduit à ce moment incongru, admirant un pont s'apparentant en miniature à celui d'une autre ville. Lorsque je regarde la rive opposée, le Québec, je ressens malgré moi un pincement au cœur. Que fais-je du mauvais côté de la rive?

Le troisième et dernier acte est le plus flagrant, le plus choquant culturellement parlant. C'est presque comme si une bulle intemporelle était tombée sur la ville, l'urgence citadine disparaît au profit d'une marche à la campagne, en bordure d'une rivière. Pour ce faire, nous devons aller plus bas, le long des écluses. Quelques fois, nous pouvons contempler les bateaux de plaisance, traversant lentement d'une écluse à l'autre. Ces vacanciers en maillot de bain détonnent parmi les passants, dont la plupart sont des professionnels travaillant dans les bureaux avoisinants et habillés en tenue de ville. Notre marche nous conduit ensuite le long de la rivière, où nous pouvons admirer les canards, voguant lentement sur la surface de l'eau. Ces canards sont comme les travailleurs se prélassant sur la rive : ils sont calmes et sereins en apparence, mais sous l'eau, leurs petites pattes s'activent inlassablement. Leur air reposé n'est qu'illusoire. Sur cette magnifique piste cyclable, rien ne laisse supposer que nous sommes près du cœur névralgique du pays, là où les lois se votent et où les gens décident pour nous, que ce soit pour notre bien ou pour l'idéologie d'un groupuscule. C'est quand même mieux qu'ailleurs, la plupart du temps en tout cas. Pour le moment, ce lieu tumultueux est caché derrière les arbres, au sommet des flancs escarpés de la colline qui longe la Rivière des Outaouais. Il ne reste rien ni du Parlement, ni de la ville. Il n'y a que le bruit des oiseaux et celui des vagues léchant doucement le rivage. On pourrait passer le reste de la journée assis par terre ou sur un banc, à admirer le lointain sous le chaud soleil de l'été.

Le demi-acte se produit lorsque nous avons le malheur de jeter un léger coup d'œil à notre montre ou à l'écran de notre cellulaire, ces laisses technologiques nous empêchant de nous évader complètement de notre vie de fou. Le mirage se fendille sous nos yeux. Le cœur presque lourd, nous devons abandonner cette quiétude pour retourner dans notre cocon de béton, à l'air conditionné et à la lumière artificielle des néons.

J'ai une double nostalgie : celle d'une ville animée et démentielle qui a été mienne durant tant d'années, et celle de cette douce journée d'été au bord de l'eau, que je dois abandonnée au profit d'un travail qui m'ennuie plus souvent qu'autrement, au sein d'une ville de fonctionnaires, certes belle, mais sans âme.

Aliénation

Lorsqu'elle ouvrit le paquet, elle ne put se retenir de hurler : la jarre de verre, emballée sommairement dans du papier kraft maintenu en place à l'aide d'une ficelle blanche, contenait des dizaines d'yeux qui la fixaient de leurs regards morts. Elle crut reconnaître au moins un œil appartenant à Line, son amie d'infortune. Elle recula, une main sur la bouche pour s'empêcher de crier à nouveau, laissant le pot précairement perché sur la tablette de bois. Heureusement, personne ne semblait l'avoir entendue. Elle se retourna et regarda autour d'elle : des dizaines de paquets semblables jonchaient les étagères. Il fallait qu'elle sorte de cet endroit horrible!

***

Montréal – 1938 (quatre mois plus tôt)

Nicole, serrant la poignée de sa petite valise fermement entre ses deux mains, arrêta de marcher et leva la tête afin d'embrasser du regard l'imposant bâtiment se profilant devant elle. Son père lui saisit fermement le haut du bras, la forçant à avancer.

Sa mère suivait derrière, la tête baissée en signe de reddition. Cet endroit n'était pas son choix : elle aurait préféré envoyer sa fille au couvent, certaine que l'enseignement de Dieu viendrait à bout de son comportement inapproprié et de sa témérité déplacée. Son père n'était pas du même avis : leur fille était folle et avait besoin de traitements afin de retrouver le bon chemin. L'argent n'étant pas un problème, il avait décidé de la faire interner au tout nouveau Turner Institute. Le directeur, l'éminent psychiatre Samuel Harrison, avait tout de suite rassuré le père de Nicole : l'endroit utilisait des méthodes modernes, novatrices et les patients étaient triés sur le volet. L'institut était également, et surtout, d'une discrétion totale.

Nicole ne méritait pas son sort. Elle était certes originale et non-conventionnelle, elle en convenait. Toutefois, elle considérait que sa punition dépassait de loin son « crime ». À vingt ans, elle n'était pas mariée, donc toujours sous la tutelle paternelle. Elle n'avait donc pas son mot à dire. Ses déboires avaient commencé lorsqu'elle avait eu le malheur de faire un esclandre dans un restaurant, après avait eu la mauvaise idée de passer devant l'établissement et, par le plus pur des hasards, y avait aperçu son prétendant. Il était en compagnie d'une jolie femme qu'elle ne reconnut pas. Bien que discrets, leur intimité n'échappa pas à Nicole. Elle était entrée et s'était approchée prestement du couple. Elle avait alors fait une scène, frappa son amant avec son sac à main et vida un verre d'eau sur la tête de sa compagne, qui n'était nul autre que sa propre femme. Le salaud l'avait mené en bateau depuis le début! Criant des horreurs à plein poumon, elle fut sortie de force par les gendarmes, qui la reconduisirent chez ses parents. Elle aurait pu, *aurait dû*, s'en tenir là. Toutefois, elle n'était pas le genre de femme obéissante et sans colonne vertébrale, baissant timidement les yeux devant les récriminations d'un homme en signe de soumission, fût-il son propre père. La mère de Nicole alla se confier à son curé, qui l'informa que sa fille avait confessé avoir eu des pensées impures et des gestes déplacés avec d'autres hommes. Il ajouta que, après qu'il l'eut sévèrement réprimandé, Nicole était sortie en trompe du confessionnal en blasphémant et en l'injuriant. Elle était assurément sous l'emprise du démon.

***

Nicole sortit de la sordide salle, et s'engouffra plus loin dans les méandres du sous-sol de l'institut. Elle ne se sentait pas bien et avait de la difficulté à mettre ses idées en place, la peur paralysant ses sens. Retrouver la douceur de ses propres vêtements lui rappelait cependant la femme qu'elle était... ou plutôt, qu'elle avait été. Ce n'était toutefois que d'un mince réconfort. Malgré ses incertitudes, elle était persuadée d'une chose : elle devait à tout prix s'évader le plus rapidement possible de cet asile. Les plus fous n'étant pas ceux qui y étaient internés, mais bien les bourreaux qui étaient censés les traiter.

***

Les premières semaines passèrent lentement, le temps semblant ne pas avoir de prise sur les résidents de l'endroit. Nicole était complètement ahurie que ses parents l'aient envoyée chez les fous, elle n'en revenait tout simplement pas. Elle restait le plus souvent dans sa chambre, ne voulant pas se mêler à la population générale. Elle avait peur de certains des pensionnaires, qui se parlaient à eux-mêmes et qui tenaient des discours étranges, sans queues ni têtes. Et que dire de se promener dans une ridicule jaquette de coton blanc : Nicole se sentait nue, exposée aux regards de certains des infirmiers, dont un, entre autres, qui ne se gênait pas pour la déshabiller des yeux lorsqu'elle le croisait.

Elle se lia cependant d'amitié avec Line, une petite chose toute frêle qui semblait terrorisée. Elle se promenait dans les couloirs en tenant une couverture roulée entre les bras tout en chantonnant, comme si elle promenait un nourrisson. Line ne parlait pas beaucoup, mais Nicole se sentait protectrice envers la jeune femme, manifestement troublée.

Nicole rencontra à plusieurs reprises le docteur Harrison, qui lui posait inlassablement les mêmes questions : « Que ressentez-vous physiquement en présence d'un homme? », « Avez-vous des orgasmes? », « Est-ce que vous vous touchez de façon inappropriée? », « À quels moments ressentez-vous l'hystérie monter? ». Nicole refusait de répondre à ces questions intimes qui ne le regardaient pas du tout. Elle comprenait son stratagème : il voulait qu'elle avoue avoir mal agi, et qu'elle se repente en se transformant miraculeusement en bonne petite fille sage sans cervelle. Qu'il aille au diable! Elle avait bien tenté de garder son calme, et de faire comprendre au médecin qu'elle ne voyait pas où était le mal dans tout ça. C'était peine perdue. Il répétait patiemment les mêmes questions, comme s'il n'avait rien de mieux à faire. Vers la troisième semaine de ce manège, Nicole perdit patience et commença à insulter le médecin. Elle ne put s'empêcher de lui crier sa hargne au visage : « Vous n'êtes qu'un sale hypocrite! », « Vous me voudriez bien dans votre lit, vous aussi! », « Ça vous exciterait que je vous décrive ce que je me fais en privé, hein? ». Elle voulait le provoquer, lui faire perdre patience. Encore une fois, son explosion de colère fut qu'un coup d'épée dans l'eau. Deux infirmiers entrèrent dans le bureau pour la maîtriser, ce qui augmenta sa rage.

Ce fut ce jour-là que sa descente aux enfers commença.

Nicole fut ficelée dans une camisole de force, et amenée vers un autre étage de l'établissement. Les infirmiers la soulevèrent et la plongèrent dans un bain d'eau glacée, la laissant toute habillée et sous contention. Ils refermèrent un couvercle en bois sur elle en ne laissant dépasser que sa tête. Elle en eut le souffle coupé, l'eau glaciale lui dardant le corps comme des milliers d'aiguilles. Les infirmiers quittèrent la pièce, la laissant toute seule, la tête maintenue hors de l'eau par la dure pièce de bois. Elle eut beau crier et se débattre, personne ne revint. Les cris de Nicole s'amenuisèrent avant de se transformer en sanglots. Après ce qui lui sembla des heures à grelotter dans ce tombeau, elle entendit des pas s'arrêter devant la porte de la pièce. Paul, l'infirmier étrange qui ne cessait de la lorgner, entra. Il la regarda, un sourire machiavélique sur le visage.

— Tu vas te tenir tranquille, là?

Nicole hocha son assentiment. Il retira alors le couvercle, et la saisit durement par les épaules pour l'aider à sortir du bassin. Il lui retira la camisole de force. Elle resta immobile, de peur qu'il change d'idée et qu'il la replonge dans cette tombe de glace. Paul se recula et passa le regard sur la poitrine de Nicole, mis en évidence par le léger coton trempé et transparent lui collant sur le corps. L'infirmer s'humecta les lèvres, un sourire inquiétant sur le visage, et approcha la main vers elle. C'est à ce moment-là que la porte s'ouvrit sur une infirmière tenant une serviette sur son bras. Elle s'approcha de Nicole et l'enroba dans le tissu, la soustrayant au regard de l'homme. Nicole accompagna docilement la femme à l'extérieur de la pièce, trop heureuse de retourner à sa chambre.

***

Nicole arriva près d'une porte ouverte sur une pièce plongée dans le noir. Une odeur de viande avariée planait autour d'elle, lui donnant des haut-le-cœur. Elle s'approcha du seuil, et plissa les yeux. Elle vit des casiers de métal aligné le long du mur, la faible lumière du couloir se reflétant sur le revêtement argenté. Elle tourna la tête vers le fond de la salle et y vit une table de métal sur roulettes, qui semblait être occupée par quelque chose d'indéfinissable, recouvert d'un drap taché. Nicole entendit soudainement des pas résonner à travers la cave et quitta prestement la pièce, bien décidée à trouver la sortie. Si elle avait poussé sa recherche plus loin, elle aurait découvert sur la civière le corps découpé de son amie, le cerveau de cette dernière déposé sur une balance à ses côtés.

***

À partir de ce jour, Nicole se promit de faire illusion et de tenir le discours qu'on attendait d'elle. Pour les besoins de la cause, elle était prête à sacrifier son désir de s'exprimer au profit de sa liberté. Elle répondit aux questions d'Harrison avec calme et circonspection, se disant que c'était sa carte de sortie hors de cet endroit horrible. Sa ruse semblait fonctionner, le médecin paraissant satisfait des progrès effectués par sa patiente.

Ce jour-là, après son rendez-vous avec le psychiatre, Nicole retourna dans la salle commune où elle aperçut Line, qu'elle n'avait pas vue depuis au moins deux semaines. Elle fut toutefois étonnée que son amie n'ait pas son pseudobébé avec elle. La jeune femme était assise sur une chaise en bois face à un mur, semblant perdue dans ses pensées. Nicole s'agenouilla à ses côtés.

— Salut Line! Où étais-tu passée?

Son amie se retourna lentement pour regarder Nicole, qui ne put réprimer un recul à la vue du regard vide qui lui faisait face.

— T'es qui, toi?

— Nicole, ton amie!

— Ça ne me dit rien.

— Et ton bébé de tissu, il est où?

— Bébé? J'n'ai pas de bébé, moi.

— Que t'ont-ils fait pour l'amour de Dieu?

Nicole fut choquée : elle se leva d'un bond et attrapa une infirmière par le bras, lui demandant de lui expliquer ce qu'ils avaient fait à la douce Line. Elle savait qu'elle aurait dû baisser le ton et s'exprimer de façon posée, mais elle sentait la furie monter en elle. Son amie était si fragile, si délicate. Comment avaient-ils pu lui faire du mal? Le docteur Harrison arriva, alerté par le branle-bas de combat. Il essaya de l'entraver, ce qui augmenta la furie de Nicole. Elle fut traînée de force hors de la salle commune et amenée, encore une fois, à l'étage.

Nicole se débattit encore plus, s'attendant à être à nouveau immergée dans un bain d'eau glacée pendant des heures. Ils entrèrent cependant dans une autre salle, équipée d'une table de métal et d'instruments qu'elle ne reconnut pas. Les infirmiers la couchèrent de force sur la table, et l'y attachèrent à l'aide d'épaisses sangles de cuir. Un morceau de bois enrobé de tissu fut inséré dans sa bouche. Harrison s'approcha et demanda à un des infirmiers de tenir les électrodes contre les tempes de la patiente.

L'infirmier obtempéra, et une douleur fulgurante traversa le corps de Nicole. Ses muscles se contractèrent, et son corps s'arc-bouta. Elle n'aurait jamais cru qu'une telle douleur fut possible. Une seconde décharge électrique la transperça. Sa vessie se vida sur la table, et elle s'évanouit enfin.

À son grand regret, elle savait désormais ce qui était arrivé à son amie.

***

Nicole marchait lentement le long du corridor de pierre, sentant la froideur et la moiteur du plancher sous ses pieds nus. À son grand étonnement, elle n'avait pas de difficulté à retrouver le chemin qu'elle avait découvert sur le plan. Elle savait qu'elle devait se dépêcher, mais la douleur qu'elle ressentait au ventre ralentissait sa marche. Elle arriva près d'une porte, et elle entendit des cris et un échange de paroles s'en échapper. Elle devait absolument passer devant cette porte afin de se rendre de l'autre côté du sous-sol du bâtiment. Nicole se penchait afin de passer sous la petite fenêtre de la porte sans être vue, lorsque sa curiosité l'emporta. Elle se redressa légèrement afin de jeter un coup d'œil dans la pièce… ce qu'elle n'aurait jamais dû faire.

***

À partir de ce jour, Nicole eut droit à un traitement d'électrochocs par semaine. Elle en ressortait apathique et désorientée, perdant la mémoire sur certains détails. Harrison semblait satisfait des résultats. Il lui expliqua que sa maladie lui donnait des excès de rage incontrôlés ainsi que des désirs sexuels débridés. Nicole se retint de répliquer, s'étant promis qu'il ne réussirait pas à la briser. Il était vrai que ses envies de sauter au visage du personnel soignant avaient disparu, mais son désir de penser par elle-même était resté. En tant que femme, elle savait qu'elle ne valait pas grand-chose aux yeux de la société, elle n'était même pas une personne au sens de la loi. Toutefois, elle s'entêtait à refuser de croire que son désir d'indépendance d'esprit et de liberté était le fruit d'une maladie mentale.

Au grand soulagement de Nicole, les traitements ne la rendirent pas léthargique comme Line, qu'elle n'avait pas vue depuis quelques jours déjà. Cette dernière ne semblait même plus capable de se déplacer seule et avait besoin de l'assistance d'un préposé, ou même d'un autre patient, afin de se nourrir. L'institution semblait utiliser différentes méthodes de traitement, au gré des fantaisies et des idées tordues de ses psychiatres.

Nicole avait de la difficulté à garder la notion du temps. Entre les pseudotraitements, les patients s'ennuyaient et se morfondaient dans leur coin, sans aucune occupation particulière. Les journées s'étiraient sans fin, et elle était effrayée de devoir passer le reste de sa vie dans cet endroit sordide. Elle essayait d'utiliser ce temps mort pour en apprendre plus sur les patients, les raisons de leur internement et la topographie de l'institut. Elle avait compris qu'elle devait faire profil bas et jouer le jeu d'Harrison afin de pouvoir sortir de cet endroit. Elle n’avait pas eu droit à de nouveaux bains glaciaux et ses séances d’électrochocs semblaient s’espacer. Son stratagème devait donc fonctionner.

Ce fut durant l’une de ses séances d’exploration clandestine que Nicole découvrit une autre section du Turner Institute. Elle savait désormais que le rez-de-chaussée était réservé aux chambres et aux aires communes, et que les bureaux des médecins, les bains et les électrochocs se trouvaient au second. Elle poussa donc son audace jusqu’à explorer le troisième étage dans l’espoir d’y trouver de l’information additionnelle qui pourrait lui être utile.

Nicole venait d'entreprendre son ascension vers le dernier étage par l’escalier de l’aile nord lorsqu’elle entendit la porte du troisième s’ouvrir. Elle recula sans faire de bruit, et se faufila au deuxième étage. Coincée, elle entra dans ce qui semblait être une armoire à balais et s'y enferma prestement. Après quelques minutes de silence total, troublé que par sa respiration et les battements saccadés de son cœur, elle se dit que l’intrus devait être descendu au premier finalement, sans s’arrêter au deuxième. Elle entrouvrit donc la porte, et jeta un coup d’œil dans le couloir : il n'y avait aucune âme qui vive à l’horizon. Une idée s’imposa alors à Nicole. Elle savait Harrison à l’extérieur de l’Institut (l’avantage de laisser trainer ses oreilles aux bons endroits)… c'était une occasion inespérée pour aller fouiller dans son bureau. Peut-être pourrait-elle consulter son propre dossier, et en savoir plus sur les intentions du médecin à son égard?

Elle marcha donc à pas de loup vers le bureau de son médecin. L'endroit était étrangement désert. Nicole essaya de se concentrer, et de retrouver un peu la notion du temps. Elle pensa au dîner auquel elle avait eu droit aujourd'hui : un bouillon de poulet avec un morceau de pain et une crème à la vanille. Les repas étant inlassablement les mêmes dans le même ordre chaque semaine, elle en déduisit que c'était donc samedi, la raison pour laquelle l'endroit fut d'un calme plat. Elle arriva au bureau d'Harrison et y entra furtivement avant de refermer la porte derrière elle. Elle laissa ses yeux s'habituer à la pénombre de la pièce. Elle embrassa l'endroit du regard et, à sa stupéfaction, découvrit providentiellement une carte détaillée du bâtiment affichée sur le mur près de la porte. Elle s'approcha fébrilement, et essaya d'imprimer l'image dans son esprit. Il ne restait plus qu'à espérer que l'information ne disparaisse pas après un traitement d'électrochocs.

Nicole examina attentivement la section du plan montrant le sous-sol. Elle suivit les divers corridors du bout du doigt, et trouva ce qui semblait être une sortie à l'extrême sud. Elle pensa bien changer ses plans d'exploration, et en profiter pour se sauver sans attendre de cet endroit maudit. Toutefois, elle aurait aimé amener Line avec elle. La pauvre femme n'était plus que l'ombre d'elle-même. Elle regarda à nouveau le plan, s'attardant au troisième étage. Il n'y avait qu'une indication : « *Sleep Room* ». La configuration suggérait un couloir central, bordée de deux grandes salles rectangulaires. Il ne restait qu'à espérer que son amie s'y trouvât.

Elle retourna vers le bureau d'Harrison, et essaya d'ouvrir le classeur où son médecin classait son dossier médical. Contre toute attente, elle n'eut aucune résistance et le tiroir glissa sans encombre. Elle trouva rapidement son dossier et l'ouvrit. Les mots qu'elle y lut lui firent se demander si elle avait bel et bien le bon dossier entre les doigts :

Diagnostic : schizophrénique hystérique/Nymphomane.

Traitement : Électroconvulsivothérapie/Hystérectomie/Lobotomie.

La patiente semble avoir trouvé un comportement plus serein, sans nouvelles crises d'hystérie. Le traitement par hydrothérapie semble être suffisant en cas de crise sévère. Électrochocs concluant : premier traitement massif, traitement hebdomadaire à plus faible voltage par la suite. Elle n'accepte toutefois pas son problème de nature sexuel qui la pousse à trouver le plaisir de façon inappropriée. Soupçonne une infection virale au niveau de l'utérus. Hystérectomie recommandée, et lobotomie en dernier recours.

Nicole déposa sa main sur son ventre : il était complètement cinglé! Il voulait la charcuter, retirer ce qui faisait d'elle une femme et effacer sa personnalité. Elle referma son dossier et le rangea à sa place, bien décidé à tenter immédiatement sa chance avec son évasion par le sous-sol. Elle pensa soudainement à la fragile Line, disparue depuis près d'une semaine. Elle ne connaissait pas son nom de famille, mais passa rapidement en revue les dossiers un à un puisque, à sa connaissance, une seule patiente portait ce prénom. Elle trouva le dossier et l'ouvrit d'une main tremblante d'appréhension.

Diagnostic : Dépression post-partum/frigidité.

Traitement : « Depatterning ».

Dépression post-partum accompagnée de frigidité. Déprogrammation suggérée : séance d'électrochocs à haut voltage, à raison de six répétitions d'une décharge par seconde, trois fois par jour requis pour les six premières semaines. Injection d'un paralysant neuromusculaire à chaque quatre heures. Séance de répétition pour reprogrammation, couplée de stimulation sensorielle pour guérir la frigidité.

Nicole frissonna : elle était en plein cauchemar moyenâgeux, où la torture était la méthode de traitement par excellence pour faire entendre raison aux brebis galeuses. Le cœur battant la chamade, elle sortit en catimini du bureau d'Harrison. Nicole marcha jusqu'à la cage d'escalier et entrouvrit la porte. Elle regarda, à tour de rôle, vers le bas et vers le haut, indécise sur l'action à prendre. Elle pensa aux traitements destinés à Line. Les électrochocs *normaux* étaient déjà assez douloureux, elle ne préférait pas s'imaginer la souffrance occasionnée par le traitement décrit par Harrison. Elle n'avait aucune idée de la teneur de la seconde partie, mais son petit doigt lui disait que ce n'était pas de bon augure.

Sa décision prise, Nicole se faufila dans l'escalier et monta au dernier étage. Elle s'arrêta, et tendit l'oreille afin de s'assurer qu'il n'y avait personne dans les parages. Elle regarda par la petite fenêtre de la porte : un couloir central bordé de deux pièces. Elle prit une grande respiration, pénétra dans le couloir et referma la porte derrière elle le plus silencieusement possible. Elle entrebâilla silencieusement la porte donnant sur la salle de gauche et y glissa la tête : des lits vides. La salle ne semblait pas être utilisée. Elle se retournait pour sortir lorsqu'elle entendit la voix de Line au loin, répétant une phrase d'un ton monocorde. Elle s'avança dans la pièce et se dirigea vers le fond de la salle, où la forme d'un lit semblait se profiler derrière des rideaux. Plus elle approchait, plus les mots se définissaient : « Je suis une bonne épouse et je fais mon devoir conjugal avec dévotion. Je suis une bonne épouse et je fais mon devoir conjugal avec dévotion. Je… ». C'était manifestement un enregistrement qui passait en boucle. Elle entendait un autre son, une sorte de halètement.

Nicole ne voulait pas savoir ce qui se trouvait derrière la

tenture. Elle prit cependant son courage à deux mains et glissa silencieusement ses pieds sur le plancher afin de se rapprocher encore un peu. Elle avança sa main, et repoussa délicatement l'étoffe. Son esprit prit quelques secondes à donner un sens à ce qu'elle voyait. Line était couchée sur le dos, les yeux ouverts. Entre ses jambes, il y avait Paul, l'infirmier, qui s'activait vigoureusement. Avant même qu'elle ait pu réaliser ce qu'elle faisait, Nicole prit ses jambes à son cou et se mit à courir en direction de la porte, sans ne plus se soucier du bruit qu'elle pouvait faire. Elle voulait juste s'éloigner le plus possible de cette vision d'horreur.

***

Nicole savait pourtant pertinemment que la curiosité ne l'avait jamais bien servie dans cet endroit maudit. Transie dans ce sous-sol froid et morbide, elle ne put cependant pas s'empêcher de jeter un œil par la petite fenêtre : un homme, hurlant à plein poumon, était couché sur une table de métal, des sangles lui entravant la tête et les membres afin de l'empêcher de bouger. À sa tête, un médecin équipé d'un martelet lui enfonçait un pique dans l'orbite de l'œil. Chaque coup de marteau arrachait un cri de douleur au pauvre homme. Nicole venait de découvrir la lobotomie transorbitale dans toute son horreur et son barbarisme, dernier traitement qui lui était destiné si elle n'arrivait pas à se sauver au plus vite.

***

Couchée en position fœtale sur son lit, les larmes coulant librement sur ses joues, Nicole pensait à sa réaction stupide à la vue de l'infirmier violant son amie avec, selon toute vraisemblance, l'autorisation du psychiatre. Combien d'infirmiers lui étaient-ils passés sur le corps? Et Samuel Harrison... est-ce que lui aussi lui donnait des *traitements*? Au lieu de sortir silencieusement de la salle afin de rejoindre la porte du sous-sol, Nicole avait été aussi discrète qu'un éléphant dans un magasin de porcelaine. Elle était entrée en trombe dans la salle commune et s'était littéralement jetée dans les bras d'une infirmière, lui expliquant de façon saccadée et hystérique ce qu'elle avait vu dans la salle du haut. À quoi s'était-elle attendue? Le médecin maudit était revenu de son rendez-vous à l'extérieur, et n'avait pas pris de temps à mettre la seconde partie de son soi-disant traitement à exécution.

Nicole était maintenant enroulée dans ses minces draps de coton rêche, charcutée. Après avoir subi le terrible traitement d'Harrison, elle était devenue une femme incomplète. Elle ne savait pas grand-chose de la lobotomie, le dernier sort qui lui était réservé selon son dossier médical, sauf que cela transformait les gens à jamais. Elle aimait sa personnalité, n'en déplaise à son père, son prêtre ou son médecin. Ils étaient tous des misogynes, considérant les femmes comme des êtres inférieurs, bonnes seulement qu'à enfanter, leur donner du plaisir (sans surtout en éprouver en retour!) et les servir comme des esclaves, en faisant montre d'une complète soumission.

Nicole resta prostrée presque toute la semaine, refusant même de se lever pour manger. Elle espérait que son état soumis et végétatif l'éloignerait de l'attention d'Harrison. C'était mal connaître l'homme. Il prescrit à Nicole une séance de doubles électrochocs afin de la sortir de son état catatonique. Les convulsions engendrées à son corps occasionnèrent le déchirement de plusieurs points de suture. Elle réalisa alors que rien ne pourrait satisfaire le médecin, son seul but étant de se servir de la détresse des gens et des membres de leurs familles pour expérimenter ses théories. Il se disait novateur : il était plutôt un psychopathe ayant trouvé le terrain de jeu idéal.

***

Nicole continua son chemin, son esprit hanté par ce qu'elle avait vu. Elle aperçut enfin la porte qu'elle cherchait, la lumière du jour traversant l'étroite fenêtre grillagée, illuminant faiblement le couloir. L'espoir l'envahit. Elle ne savait pas de quelle manière Line était morte... sans douleur espérait-elle sans vraiment y croire. Nicole se demanda soudainement si son propre utérus se trouvait dans l'une des jarres emballées de papier kraft. Elle retourna son attention vers la sortie, vers son salut. Elle y était presque...

***

En écoutant les discussions entre deux infirmières, Nicole

avait appris qu'une importante conférence était donnée le lendemain au Turner Institute. Des Américains seraient sur place afin d'en apprendre davantage sur les innovations modernes d'Harrison et de son équipe en matière de traitement des maladies mentales. La plupart des membres du personnel y seraient, laissant la gestion des malades à une petite poignée d'infirmiers. Nicole ne pouvait plus reculer : elle mourrait ici de toute façon. Le jeu en valait donc la chandelle. Elle resta dans sa chambre, attentive aux bruits l'entourant. Elle sortit sa petite valise, et enfila quelques vêtements. Elle laissa toutefois ses chaussures dans sa valise : le bruit des talons attirerait l'attention. Qu'il était bon de s'habiller de nouveau! Les vêtements dégageaient même une petite odeur de la maison. Elle ne croyait jamais dire ça, mais son foyer lui manquait. Elle était persuadée, du moins essayait-elle de s'en convaincre, que ses parents n'étaient pas au courant de ce qu'elle subissait ici. Elle leur raconterait, calmement, et demanderait à aller vivre au couvent afin de se rapprocher de Dieu. Sa mère sauterait sur l'occasion, elle qui était si dévote, et son père donnerait certainement son aval. Elle n'irait pas par conviction, mais bien pour se sauver d'un plus lugubre destin. Elle préférait passer sa vie en prière au cloître des Carmélites plutôt que de mourir avec une étiquette de folle.

Nicole descendit vers le sous-sol et y pénétra. La froide humidité de l'endroit la saisit. Une odeur de mort y régnait. Elle aurait dû faire fi de ce qui l'entourait afin de se concentrer uniquement sur son objectif : la sortie. Sa mère lui avait toujours dit que la curiosité était un bien mauvais vice. Elle n'avait jamais cru qu'elle lui donnerait, un jour, raison sur ce point.

***

Nicole approcha de la porte, trottant le plus vite possible sans ne plus se soucier de sa douleur lancinante à l'abdomen. Elle tendit le bras vers la poignée, certaine que la porte serait fermée à double tour. À son grand étonnement, un déclic se fit entendre et la porte s'ouvrit sur ses gonds. Une larme de joie coula sur la joue de Nicole. Elle fit un pas en avant, ne pouvant plus attendre de sentir enfin le soleil sur sa peau.

***

— Où crois-tu aller comme ça?

Le cœur de Nicole s'emballa au son de la voix de Paul. Elle augmenta sa prise sur la poignée, s'y raccrochant désespérément comme à une bouée de sauvetage. L'infirmier était cependant plus fort qu'elle. Il la tira brutalement vers l'arrière, lui faisant perdre sa prise. La poignée glissa entre ses doigts, et la porte se referma avec un claquement sec.

— Le Dr Harrison a un beau petit projet pour toi.

— Non! Pas ça!

Les hurlements de Nicole résonnèrent à travers les couloirs de pierre tandis que l'infirmer la traînait vers le cœur du bâtiment, où ils auraient enfin la chance de détruire ce qui restait d'elle : sa raison.

Un Noël révélateur

— C'est quand qu'on arrive, j'ai envie de pipi!

Stéphane leva les yeux et, à l'aide de son rétroviseur central, regarda sévèrement Isabelle se tortillant sur le siège arrière de la voiture.

— J'ai soif!

C'était à prévoir : il fallait que Gaston, son fils cadet, se mette obligatoirement de la partie et qu'il ajoute aux jérémiades de sa sœur. Gabrielle mit une main réconfortante sur la cuisse de Stéphane, et lui fit un petit sourire afin de l'encourager à faire preuve de patience. Ce voyage n'en finissait plus! Les festivités du réveillon de la veille avaient été plus relaxantes puisqu'ils avaient festoyé tous les quatre à la maison. Ils avaient ouvert leurs cadeaux assez tôt, et ils avaient passé la soirée au salon, la radio en sourdine. Les enfants avaient joué avec leurs nouveaux présents, les adultes avaient placoté autour d'un verre (*de plusieurs en fait*, se sermonna intérieurement Stéphane en essayant de ne pas penser à son mal de tête) et ils s'étaient tous couchés avant minuit.

Aujourd'hui était une autre paire de manches : trois heures de route, dans la neige, pour un souper de Noël chez les parents de Stéphane, qui vivaient à la campagne. Ils étaient tous les deux à la retraite et ils ne semblaient rien faire d'autre dans la vie que de lire des romans-savons d'une insignifiance crasse, regarder des séries télé américaines traduites ou bien papoter sur la vie de leurs voisins. *Je m'en fous, moi, de leurs voisins!*

Si le choix avait été le sien, Stéphane aurait bien aimé faire comme un collègue du bureau : aller passer les fêtes dans le sud. Les enfants, qui avaient respectivement huit et six ans, étaient quand même assez vieux pour apprécier le voyage et il y avait toujours des *resorts* offrant un service de gardiennage. Cependant, Gabrielle n'avait rien voulu savoir et avait décrété que Noël était une fête familiale, que ses parents ne seraient pas toujours là, que c'était important pour leurs enfants, et blablabla. Elle, qui n'avait plus personne, considérait les parents de Stéphane comme les siens. *Ça m'avance beaucoup*, pensa Stéphane. *Elle n'aurait pas pu détester mes parents au moins, comme ça je ne serais pas obligé de me taper trois heures de route pour un souper infect!*

— Attention, Steph!

Le cri d'alarme de Gabrielle le ramena à la réalité : un pick-up en sens inverse avait débordé temporairement sur leur voie, l'arrière du véhicule glissant sur la neige. Stéphane manœuvra avec agilité afin de s'éloigner de façon sécuritaire du véhicule, qui réussit finalement à se redresser.

Et que dire de se promener en voiture en pleine tempête de neige! continua a grogner intérieurement Stéphane. Pour le moment, ce n'était que de légers flocons, mais le tout s'accumulait quand même au sol rendant ainsi la conduite plutôt difficile.

À son grand désarroi, sa tentative du matin de rester chaudement à la maison avait été rejetée d'emblée par Gabrielle et les enfants. Sa femme tenait fermement à avoir un Noël en famille tandis que les enfants, qui étaient pour leur part toujours amplement gâtés par leurs grands-parents, avaient vivement protesté à la proposition de leur père. De son côté, Stéphane n'avait ni l'envie ni la force de faire croire à sa mère que sa dinde trop cuite et sèche était succulente, que sa tourtière anémique achetée en solde était savoureuse et que sa tarte au sucre, constituée d'une croûte déjà préparée et d'une garniture en conserve, était inoubliable. Il ne fallait surtout pas passer sous silence la magnifique nuit sur des matelas pneumatiques qui craquent au moindre mouvement (et des enfants, ça bouge!).

— Maman! s'exclama Isabelle en chignant et en se tortillonnant.

— Je sais ma chouette, mais essaye de te retenir un peu.

Steph, arrête au prochain commerce ouvert que tu trouveras, ça commence à presser.

— On arrive chez mes parents dans environ quarante-cinq minutes, ça ne peut vraiment pas attendre?

— Non! s'écria Isabelle, la larme à l'œil.

— Steph! plaida Gabrielle d'un air réprobateur.

— OK, OK.

Ils passèrent devant quelques commerces, malheureusement fermés en ce jour de festivités. La campagne était différente de la ville sur ce point : les magasins n'étaient pas obligatoirement ouverts tous les jours de l'année du matin au soir. Les gens se donnaient le droit d'avoir une vie. Ce qui présentement ne faisait pas l'affaire de Stéphane. Sa fille se tortillait de plus en plus, et il avait peur qu'elle ne puisse se retenir encore longtemps. *Il ne manquerait plus que ça, avoir la banquette toute trempée de pisse!* songea Stéphane.

Soudainement, un bruit ressemblant à un coup de feu se fit entendre et la voiture se mit à zigzaguer. Stéphane utilisa toutes ses connaissances afin de tenter de diriger, et ce, du mieux qu'il le pouvait, le véhicule maintenant hors de contrôle. Il finit par réussir à arrêter la voiture dans un banc de neige.

— Est-ce que tout le monde va bien?

— Oui, répondit Gabrielle. Les enfants, ça va?

Isabelle et Gaston firent un signe affirmatif de la tête, trop choqués par le léger accident pour même pleurer. Stéphane saisit son manteau, déposé sur le siège arrière entre ses deux enfants, et sortit afin de voir ce qui avait causé la perte de contrôle du véhicule. Il trouva rapidement la source du problème : le pneu avant gauche avait éclaté, probablement à cause d'un débris sur la route.

— Tabarnak!

Il avait bien une roue de secours, mais il venait de se rappeler qu'il avait malheureusement enlevé ses outils de la voiture afin de transporter les cadeaux, les matelas, les couvertures, les oreillers et les vêtements. Cela lui faisait une belle jambe! Il sortit son cellulaire afin d'appeler le service de dépannage : aucun réseau. *Évidemment!* se dit-il. Cette journée avait commencé du mauvais pied, et il semblait que c'était bien parti pour aller de mal en pis. Il retourna s'assoir dans la voiture, et annonça la « bonne » nouvelle à Gabrielle.

— On fait quoi, là? lui demanda-t-il, découragé.

Son épouse, d'un naturel positif et toujours prête à passer au plan B, regarda autour d'eux afin d'évaluer leurs possibilités.

— Regarde, là-bas, il y a une maison. On pourrait aller voir s'il y a quelqu'un afin d'appeler la remorqueuse. Isabelle pourrait également en profiter pour aller au petit coin.

— Et s'il n'y a personne?

— Bon sang, Steph, on avisera! Il y a une autre maison à quelques mètres. Vas-y en premier et reviens nous chercher si nous pouvons entrer pour attendre le CAA.

Stéphane soupira et sortit à nouveau de la voiture. Il n'avait pas prévu marcher dans la neige et ses petites bottes n'étaient vraiment pas adéquates : il avait déjà le bas des pantalons tout trempé. Il devait toutefois avouer que le paysage était féérique : une maisonnette de pierres typique de la campagne avec des lumières multicolores habilement installées autour de chacune des fenêtres et de la corniche, ainsi qu'un gigantesque sapin enneigé bordant la demeure. *On dirait une petite maison en pain d'épice!* ne put-il s'empêcher de penser avant de retourner à sa grogne.

Stéphane arriva de peine et de misère à la maison, et tenta d'apercevoir quelque chose à travers l'une des fenêtres. Hormis le fait qu'il avait de la lumière à l'intérieur de la demeure, il ne put rien apercevoir d'autre à travers les vitres givrées. Il s'approcha péniblement et monta sur la galerie. Il regarda à nouveau par la fenêtre, et aperçut une vieille dame qui semblait être occupée à la cuisine. À défaut de trouver une sonnette, il cogna contre le chambranle de la porte afin d'attirer son attention.

La dame arriva rapidement, son air surpris rapidement remplacé par un sourire chaleureux. Il entendit tourner le loquet, et la porte s'ouvrit.

— Oui, jeune homme?

— Je suis désolé Madame, mais je viens d'avoir une crevaison et je suis incapable d'obtenir un réseau avec mon cellulaire afin d'appeler la remorqueuse. Est-ce que je pourrais utiliser votre téléphone?

— Aucun problème, entrez!

Stéphane la remercia, entra et fit son appel. Après une attente interminable, un préposé lui annonça qu'il en aurait pour au moins deux heures à attendre, les conditions météorologiques ayant causé plusieurs sorties de route. Stéphane raccrocha en rageant intérieurement, et se retourna vers la vieille dame.

— Je sais que je demande beaucoup, mais est-ce que je pourrais également faire entrer ma petite famille? Le service routier n'arrivera pas avant au moins deux heures, et ma fille a vraiment besoin d'aller à la toilette.

— Avec plaisirs! De plus, il fait un froid de canard. Venez attendre au chaud!

Stéphane remercia son hôtesse, et se félicita d'être tombé sur une bonne samaritaine au lieu d'une vieille grincheuse. Il retourna à la voiture afin d'aller chercher Gabrielle et les enfants. Une fois qu'ils furent bien au chaud à l'intérieur, ils ne purent s'empêcher de s'extasier : un feu de bois odorant flambait dans la cheminée, la table était mise de façon impeccable pour Noël avec des chandeliers en argent arborant des chandelles rouges, des poinsettias, un chemin de table mêlant les tons de rouge et d'argent ainsi qu'une vaissellerie affichant de magnifiques dessins de Noël. Et que dire du sapin : sa cime touchait le plafond et des centaines de lumières brillaient, illuminant les décorations disposées avec soins. Stéphane avait l'impression d'être entré dans une scène digne des films de Noël typiquement américains où tout est décoré à la perfection. Il n'y avait que les invités qui manquaient.

— Allez, enlevez vos manteaux et vos bottes et venez vous assoir au salon en attendant votre dépanneuse! s'exclama la dame avec entrain.

Ils s'exécutèrent, bien qu'ils fussent un peu gênés de s'imposer ainsi chez une étrangère, en plein jour de Noël en plus. Ils firent les présentations, et apprirent que la dame se nommait Bérangère. Gabrielle appela ensuite ses beaux-parents afin de leur expliquer la situation et de les rassurer sur la cause de leur retard.

— Si vous voulez bien m'excuser un instant.

Bérangère se dirigea vers le four, et en ouvrit la porte. De délicieux effluves s'en échappèrent.

— Si l'on n'arrose pas la dinde fréquemment, elle séchera, leur expliqua-t-elle en s'exécutant.

— Il faudrait que je le dise à ma mère, elle n'a aucun instinct en cuisine.

— Steph, ce n'est pas si mal! reprocha Gabrielle à son mari.

Elle commençait visiblement à en avoir assez de la mauvaise foi ainsi que de l'air renfrogné de son mari.

Sur l'entrefaite, probablement attiré par l'odeur de la dinde, un chat tigré, se déplaçant difficilement, fit son apparition dans la cuisine. Il se retourna, et regarda Stéphane de ses intenses yeux verts. Les enfants s'extasièrent à l'unisson : ils avaient toujours voulu un animal de compagnie, mais leur père s'y était toujours opposé, que ce fût en prétextant son dégoût à avoir du poil partout ou bien à devoir s'occuper d'une bête, qui nécessitait en général plus d'entretien qu'il ne donnait d'affection en retour.

— Ouste, Misty! Tu auras ta dinde et ton ragoût au souper, comme tout le monde!

Les enfants s'approchèrent de la chatte afin de pouvoir la caresser.

— Attention! s'exclama Stéphane, elle pourrait vous griffer!

Ou bien vous transmettre ses puces, pensa-t-il.

— Ne vous inquiétez pas, répondit Bérangère, Misty adore les enfants!

La dame leur expliqua qu'elle avait Misty comme compagne depuis près de vingt ans, et qu'elle était sa plus fidèle amie. Stéphane ne comprenait pas comment on pouvait s'attacher sentimentalement à un animal, allant jusqu'à lui parler comme s'il comprenait un traître mot de ce qu'on racontait. Il regarda à nouveau sa montre, dans l'espoir que la remorqueuse ait de l'avance. Bérangère leur offrit un bol de soupe chaude, qu'ils refusèrent de prime abord, mais qu'ils finirent par accepter, autant par politesse que par désir, l'odeur du potage se mélangeant avec délice aux arômes de ragoût et de dinde.

Bérangère vint s'assoir avec ses invités imprévus et leur parla d'elle et de ses enfants : elle était veuve depuis bientôt dix ans. Misty l'avait sauvé de la dépression en lui fournissant une présence réconfortante et chaleureuse. Ses trois enfants étaient très proches les uns des autres depuis toujours, et vivaient à la ville à quelques heures de route. Puisqu'ils ne la visitaient pas très souvent, elle avait très hâte de les voir en ce traditionnel souper de Noël.

Gabrielle et Stéphane se regardèrent du coin de l'œil : il était maintenant près de dix-sept heures quarante-cinq... c'était un peu tard pour arriver chez quelqu'un pour un souper de Noël. Il est vrai que c'était également le cas de Stéphane et de sa famille, mais ils avaient eu un bris mécanique et ses parents en avaient été dûment avisés. Bérangère sembla remarquer le dialogue muet entre les deux époux, et s'empressa de les rassurer.

— La température n'est pas très clémente sur la route aujourd'hui, ils ont pris un peu de retard, mais ils seront là bientôt.

Il était évident que la dame tentait de se convaincre de l'arrivée prochaine de sa progéniture, et son inquiétude était transparente malgré tous ses efforts pour cacher son trouble. Stéphane regarda avec attendrissement ses enfants jouer avec la vieille chatte, et il ressentit de la tristesse à la pensée que la femme avait peut-être été oubliée. Il fit le tour de la pièce du regard : tout était tellement parfait! C'était la féérie de Noël dans sa plus pure expression. Il espérait sincèrement qu'il avait tort et que les fils de Bérangère arriveraient bientôt en s'excusant de leur retard dû à la neige et aux mauvaises conditions routières.

Ils entendirent soudain un klaxon et virent la remorqueuse à l'extérieur de la résidence. Stéphane mit son manteau, un peu déçu que les secours soient déjà arrivés. Il était le premier à s'en étonner, mais ces deux heures en compagnie de cette attachante vieille dame étaient passées trop vite à son goût. Ce n'était pourtant point dans ses habitudes de s'attacher rapidement à des gens.

La roue fut rapidement changée, et ils quittèrent Bérangère. Par le rétroviseur de la voiture, Stéphane regarda du coin de l'œil la vieille dame, restée sur le balcon pour leur dire au revoir, jusqu'à ce que la vue de la maison disparaisse. Le silence plana dans la voiture. Ils se sentaient tous un peu tristes de quitter l'inconnue qui les avait accueillis à bras ouverts.

Ils arrivèrent chez les parents de Stéphane une quarantaine de minutes plus tard, et déchargèrent le coffre du véhicule. Au grand étonnement de Denise, la mère de Stéphane, son fils la serra très fort contre son cœur en arrivant. Ils enlevèrent leurs manteaux, et s'attablèrent rapidement puisque le souper était déjà prêt.

Stéphane fit le tour de la pièce du regard avec une toute nouvelle perspective : les décorations disparates, la boîte vide de la tourtière traînant sur le comptoir, mais surtout le sourire de ses parents, semblant apprécier le moment au plus haut point. Durant le repas, il les écouta faire le compte rendu de la vie du voisinage et des dernières péripéties du vieux Tremblay qui avait encore des problèmes avec sa toiture, lui qui avait pourtant pris la peine de la faire changer par des couvreurs professionnels l'année précédente.

Stéphane, au lieu de sentir l'exaspération habituelle monter et l'envie de s'en aller devenir presque viscérale, se détendit et sourit à ses parents. Étonnement, le babillage de sa mère le rendait heureux : ses parents étaient certes âgés, mais ils étaient tout de même en santé. Bien que ce ne soit pas dans le centre d'intérêt de

Stéphane, il voyait que ses parents se gardaient actifs et qu'ils avaient une certaine vie sociale.

Durant la soirée, à la surprise de Gabrielle, Stéphane déclara qu'ils feraient un court arrêt chez Bérangère le lendemain pour lui offrir un petit quelque chose symbolique pour la remercier. Denise dénicha dans un tiroir une boîte contenant un magnifique foulard de soie : elle l'avait acheté il y avait quelque temps déjà, mais s'était rendu compte, une fois retournée à la maison, que la couleur ne lui allait pas du tout et elle ne l'avait jamais portée. Stéphane prit le présent en remerciant sa mère : cela constituerait un beau cadeau de remerciement pour la coquette Bérangère, qui semblait être le genre de femme à toujours être tirée à quatre épingles. Les enfants parlèrent alors de Misty, la vieille chatte, à leurs grands-parents. Pour qu'ils ne soient pas en reste, leur grand-mère alla chercher le coussin de son défunt chat, qui avait à peine été utilisé : ce serait parfait pour Misty.

Le lendemain, après un bon petit déjeuner, la petite famille reprit la route. Au moment de l'au revoir, Stéphane embrassa chaleureusement ses parents. Sa mère décréta, avec une larme à l'œil, que c'était son plus beau Noël depuis des lustres. Son père semblait à la fois ému et heureux d'avoir passé une si belle soirée en famille.

Le paysage était à couper le souffle : la tempête de la nuit avait laissé un épais tapis blanc au sol, et les arbres étaient lourds de neige. Ils roulèrent lentement, les routes n'étant pas encore déneigées en ce lendemain de festivités. Ils étaient partis depuis près de quinze minutes lorsque Gabrielle regarda son mari, et lui demanda ce qui n'allait pas. Il était silencieux, et semblait perdu dans ses pensées.

— Je ne sais pas. J'ai un drôle pressentiment à propos de Bérangère. Si ses enfants n'étaient finalement pas venus? Malgré ses dires, elle semblait plutôt inquiète lorsque nous sommes partis.

— Ce n'est pourtant pas ton style de t'en faire pour des étrangers.

Stéphane aurait habituellement mal pris ce commentaire de la part de sa femme. Il lui aurait sarcastiquement jeté à la figure qu'il était, effectivement, trop égocentrique et égoïste pour se soucier de quelqu'un d'autre. Cependant et pour une fois, il abonda dans le sens de Gabrielle.

— Je sais, répondit-il, mais quelque chose m'a touché chez cette vieille dame.

— Au fait Steph, merci pour la magnifique soirée. Ça fait longtemps que je ne t'ai pas vu aussi de bonne humeur en présence de tes parents. Ils semblaient tellement heureux!

Stéphane regarda sa femme du coin de l'œil, et lui sourit avec tendresse. Il ne pouvait se l'expliquer, mais sa rencontre avec

Bérangère l'avait remué et fait réfléchir. C'était comme s'il réalisait qu'il n'y avait pas que son plaisir qui comptait, et que celui de ses parents était tout aussi important, sinon plus. Une fois qu'il fut passé par-dessus ses préjugés habituels au sujet de la vie de ses parents, il avait réalisé que le bonheur était aussi de voir la joie dans les yeux des autres. C'était un effet boule de neige.

Ils arrivèrent chez Bérangère, et Stéphane regarda la maison : *étrange*, se dit-il… il n'y avait pas de fumée sortant de la cheminée, ni de lumières de Noël installées autour des fenêtres et sur le pourtour de la corniche. Il regarda à nouveau l'adresse : c'était bien celle où ils s'étaient arrêtés la veille. Gabrielle regarda son mari : elle aussi avait remarqué qu'il y avait quelque chose qui clochait. Les enfants, qui n'avaient bien sûr rien remarqué, protestèrent lorsque Stéphane décréta qu'il irait seul frapper à la porte de la petite maison de pierres. Il se rendit avec difficulté à la porte de la maisonnette, la neige n'ayant pas été déblayée depuis des lustres. Il regarda devant lui : il n'y avait aucune trace de pas. Malgré la neige qui était tombée durant la nuit, il aurait au moins dû voir les vestiges de celles qu'ils avaient laissées en quittant la maison le jour précédent. Il se rendit avec difficulté sous le porche et regarda par la fenêtre : la maison était complètement vide! Comment était-ce possible? Il retourna vers la voiture et fit signe à sa femme de venir le rejoindre : il ne voulait pas parler devant les enfants afin de ne pas les inquiéter inutilement.

Gabrielle sortit du véhicule et s'approcha de son mari, qui

lui expliqua ce qu'il avait aperçu. Il semblait impossible à Gabrielle que la vieille dame ait déménagé en une seule nuit, allant jusqu'à enlever les décorations extérieures. C'était plus fort qu'elle : elle devait aller vérifier les dires de Stéphane par elle-même. Ce dernier ne le prit même pas mal, il aurait fait la même chose si les rôles avaient été inversés. Gabrielle ne put toutefois que se rendre à l'évidence : la maison était inhabitée.

Ils regardèrent aux alentours : aucun doute, c'était bien la bonne maison. Ils auraient pu quitter l'endroit immédiatement, mais Stéphane ne pouvait s'y résoudre. Ils devaient savoir où était passée Bérangère. D'un commun accord, ils décidèrent de se rendre à la résidence voisine, qui était à quelque deux cents mètres à peine. Cette fois-ci, Gabrielle décida d'accompagner son mari jusqu'à la porte. Ils sonnèrent et n'attendirent que quelques secondes avant qu'un homme dans leurs âges ne leur réponde. Stéphane fit l'entrée en matière :

— Bonjour. Désolé de vous déranger, mais nous avons dû nous arrêter hier pour une crevaison et nous avons passé quelques heures chez votre voisine. Nous voulions aller la remercier, mais la maison est vide. Savez-vous ce qui s'est passé?

Sur l'entrefaite, l'épouse de l'homme fit son apparition à ses côtés pour voir qui était à la porte. Son mari lui fit part du questionnement de Stéphane.

— Quelle voisine dites-vous? lui demanda-t-elle.

— Bérangère.

Les époux se regardèrent d'un air interrogateur.

— C'est impossible, répondit l'homme. Vous vous trompez de maison, c'est certain.

— J'en doute. J'ai reconnu la maison. De plus, c'est bien l'adresse que j'ai donnée au CAA. Nous avons bel et bien été accueillis par une vieille dame du nom de Bérangère qui vit avec sa chatte Misty.

— Et c'est bien cette année que c'est arrivé? Vous êtes certains que ce n'est pas l'année dernière?

Stéphane était sur le point de perdre patience. *Quelle question stupide*! pensa-t-il. *Je ne me suis quand même pas trompé de douze mois*, grogna-t-il intérieurement. À voir l'air décontenancé que faisait Stéphane, la femme s'empressa de s'expliquer :

— C'est que Bérangère est décédée l'année dernière. Cela fait près d'un an que la maison est à vendre.

Impossible, pensa Stéphane. Il perdit quelque peu l'équilibre, soudainement étourdi, et se retint au chambranle de la porte. Gabrielle s'inquiéta, et le couple leur offrit d'entrer au chaud afin de discuter. Puisqu'ils avaient eux-mêmes deux enfants, également un garçon et une fille, Gaston et Isabelle s'amuseraient tandis que les adultes tenteraient de rationaliser les événements. Mario et Marielle voyaient bien que l'annonce de la mort de Bérangère les avait secoués. Stéphane, qui désirait absolument connaître le fin mot de l'histoire, accepta leur offre. Gabrielle était réticente : elle trouvait la situation étrange et aurait préféré mettre le tout de côté. Sur l'insistance de Stéphane, ils entrèrent tout de même à l'intérieur de la maison.

Les adultes s'installèrent à la cuisine tandis que les enfants firent connaissance dans la salle de jeu. Mario servit des cafés bien forts. Une fois tout le monde assis à la table, un léger malaise s'installa. Stéphane brisa le silence :

— Nous avons passé deux heures chez Bérangère hier, je peux vous l'assurer.

Il leur décrivit la maison dans les moindres détails, et dévoila de l'information précise sur Bérangère et sa famille afin de les convaincre que c'était eux qui faisaient erreur sur la personne.

— Je ne sais pas quoi vous dire, dit Marielle. Vous décrivez parfaitement Bérangère et sa maison, mais je vous assure qu'elle est morte l'année dernière. C'est d'ailleurs très triste comme histoire.

Marielle et Mario se relayèrent pour conter les événements

rattachés au décès de la vieille dame, tels que rapportés par un des premiers répondants s'étant présenté sur place, qui était également le cousin de Mario :

— C'était le jour de Noël. Bérangère avait tout préparé pour la visite de ses trois garçons qui vivaient à plusieurs heures de route. Elle en avait parlé pendant des jours et elle avait même engagé un homme à tout faire afin d'installer les lumières de Noël à l'extérieur et le majestueux sapin à l'intérieur.

— Elle avait, semble-t-il, attendu toute la soirée. Vers une heure du matin, un message avait été laissé sur le répondeur téléphonique : ses enfants avaient pris des billets de dernières minutes pour Cuba, où ils avaient passé le temps des fêtes.

— Les salauds! continua Marielle. Ils avaient *juste* oublié d'aviser leur mère! Sur le message, ils s'excusaient en lui souhaitant de joyeuses fêtes. Il était évident qu'ils étaient éméchés.

— C'est probablement à ce moment-là que Bérangère avait décidé d'en finir : elle avait fermé le chauffage et éteint complètement le feu dans la cheminée. Ensuite, elle avait ouvert toutes les fenêtres de la maison.

— C'est le camelot qui trouva étrange de voir les fenêtres ouvertes, et qui appela la police. Le cousin de Mario fut un des deux premiers répondants qui entra dans la maison : la vieille dame s'était recroquevillée sur son fauteuil, sa chatte Misty serrée contre elle. Elles étaient toutes deux mortes de froid.

Ayant visiblement le cœur gros, Marielle versa une larme. C'est Mario qui continua la triste histoire :

— La table était mise pour Noël, le repas servit et le vin versé dans les coupes. Le tout n'avait pas été touché. Il y avait de la dinde et du ragoût dans le plat de Misty, qui semblait avoir mangé son dernier repas avant de s'endormir avec sa maîtresse. Sur la table de salon, Bérangère avait laissé une simple note : « Je ne serai plus un fardeau, je vous aime ».

— Puisque la mort de Bérangère n'était visiblement pas un accident, les enfants n'ont pas encore été capables de vendre la maison, car l'agent d'immeuble doit aviser les acheteurs potentiels qu'il y a eu un suicide. Ils ont fait baisser le prix de près de soixante-quinze mille dollars depuis, mais sans succès. Je suis bien contente, c'est tout ce qu'ils méritent!

Le silence se réinstalla. Gabrielle se tourna vers son mari, soudainement inquiète : il avait le regard vague, comme s'il était rendu ailleurs. Elle mit une main rassurante sur la sienne : elle était tremblante et glacée.

Stéphane voyait soudainement la scène se déployer sous ses yeux, comme si une partie de son esprit avait subitement un accès privilégié à ce triste jour de Noël. Il vit Bérangère contempler les aiguilles de l'horloge tourner sur elles-mêmes, tandis que les heures passaient à la fois trop lentement et trop rapidement, s'inquiétant de ne pas voir arriver ses enfants. Ne sachant que faire, elle retourna à plusieurs reprises vers le téléphone, pour s'assurer qu'il fonctionnait toujours. Elle commença à composer le numéro de chacun de ses garçons, s'arrêtant cependant avant de presser le dernier chiffre. Elle ne voulait pas les irriter, ils seraient là bientôt. Elle servit finalement le repas de Misty, ne voulant pas gâcher le souper de Noël de sa fidèle compagne. Pour sa part, elle n'avait pas faim, le chagrin lui bloquant la gorge. C'est avec le cœur gros et des larmes au coin des yeux que Bérangère se décida enfin à appeler ses enfants. Aucun d'entre eux ne répondit. Elle s'assit dans son fauteuil où, épuisée par sa journée de préparation ainsi que par l'inquiétude qui la rongeait, elle s'endormit. La sonnerie du téléphone la trouva dans son sommeil agité, et elle se réveilla finalement après quelques secondes. Elle s'élança, malheureusement trop tard, vers l'appareil. Un de ses fils commença à laisser un message sur le répondeur, et elle amorça le geste de répondre. Sa main s'arrêta à quelques centimètres du combiné : elle venait de réaliser que ses enfants l'avaient oubliée, qu'ils étaient partis en voyage sans même prendre la peine de l'aviser. La voix enrouée par la peine, elle appela Misty. Étrangement, la vieille chatte ne trotta pas en boitant vers sa maîtresse. Elle commença à faire le tour de la maison pour finalement la retrouver dans son panier, déjà toute froide. Bérangère pleura à chaude larme, ressentant une solitude et un abandon inimaginables. Elle se releva et essuya ses larmes. Elle servit la dinde, le ragoût et la tourtière puis versa le vin aux invités fantômes. Elle leva sa coupe, souhaita « Joyeux Noël » au vide l'entourant, et prit une gorgée de vin, sa dernière. Bérangère s'approcha ensuite de l'âtre, éteignit le feu, ferma le chauffage puis ouvrit toutes les fenêtres. Elle écrivit une note d'adieu à ses enfants et prit délicatement Misty dans ses bras. Elle se blottit finalement dans son fauteuil, où elle s'endormit pour toujours.

Stéphane, trop secoué pour reprendre la route, laissa le volant à Gabrielle. Le retour se fit en silence, Stéphane et Gabrielle tentant de faire un sens aux événements des dernières vingt-quatre heures, les enfants se demandant pourquoi ils n'avaient pas pu aller porter les cadeaux de Bérangère et de Misty.

***

— Attention! s'écria Gabrielle.

Trop tard : un bruit de verre brisé se fit entendre dans la maison.

— Tu n'as jamais aimé ce vase, hein? dit Gabrielle avec un petit sourire en coin.

— Oups! dit Stéphane, l'œil rieur.

C'était maintenant le mois de juillet et le déménagement en était à sa fin : Stéphane venait en effet de décharger les dernières boîtes du camion. Pour sa part, Gabrielle venait de constater pourquoi ce n'était pas une bonne idée de commencer à défaire les cartons tant et aussi longtemps que le va-et-vient n'était pas terminé. Les enfants étaient partis s'amuser dehors, contents d'être venus vivre à la campagne et d'avoir de l'espace pour jouer.

Stéphane et sa femme avaient pris quelques semaines avant de rediscuter des événements de Noël. Ils ne s'expliquaient pas ce qui s'était passé, cela n'avait pas de sens! Si seul Stéphane avait vécu l'incident, il aurait pensé qu'il avait perdu la raison ou bien qu'il avait une tumeur au cerveau (toute explication, même loufoque, valant quand même mieux que la réalité!). Cependant, puisque toute la famille avait expérimenté leur arrêt imprévu chez Bérangère, ils ne pouvaient que se rendre à l'évidence : ils avaient assurément vécu un événement surnaturel.

Après de longues discussions, ils avaient décidé de faire une offre d'achat, bien en dessous de la valeur du marché, sur la petite maison de pierres. Stéphane avait tenté, en vain, d'analyser la raison pour laquelle cet événement étrange avait eu lieu : avaient-ils traversé une bulle temporelle? Ou bien, comme relaté dans le célèbre conte de Dickens, est-ce que le destin avait voulu montrer à Stéphane l'importance de ne pas gâcher le Noël de ses parents par son égocentrisme? Il n'aurait probablement jamais le fin mot de l'histoire.

D'une façon ou d'une autre, la magie de Noël s'était opérée et Bérangère avait changé la vision que Stéphane avait de la vie. Il n'était resté que deux heures avec la vieille dame, mais elle l'avait émotionnellement touchée à un point qu'il ne pouvait se l'expliquer. Grâce à Bérangère, il avait eu la chance de reprendre sa vie, ou plutôt son âme, en main. On avait rarement une deuxième chance de faire les choses différemment. Il avait appris que le bonheur d'autrui était important et que sa propre attitude pouvait faire toute la différence, autant pour lui que pour les autres. Il avait compris qu'il ne fallait jamais reporter à demain ce qui pouvait être fait aujourd'hui, et qu'il était important de profiter de tous les moments qui passent comme s'ils étaient les derniers. Il ne pouvait que se réjouir du fait que Bérangère se fut mystérieusement trouvée sur son chemin le jour de Noël. D'une certaine façon, son triste destin n'avait pas été vain.

— Papa, Papa!

Stéphane sortit de ses pensées et se dirigea en direction des voix excitées de ses enfants. Il ouvrit la porte-moustiquaire et sortit sur le balcon : un chaton tigré était assis sagement devant ses enfants. Le minet se retourna lorsque Stéphane ouvrit la porte. Il se releva en s'étirant, puis se dirigea vers le nouveau venu pour finalement s'assoir devant Stéphane et le fixer intensément de ses yeux vert émeraude. *Je le connais, ce chat*, pensa Stéphane. Soudainement, le souvenir de Misty remonta à sa mémoire : le chaton avait le même regard intense. Il vit l'arrivée du félin comme le dernier signe qu'il lui manquait : ils avaient fait le bon choix en déménageant. Ils seraient heureux ici.

Au grand étonnement de ses enfants, mais surtout de Gabrielle, qui venait de les rejoindre à l'extérieur, Stéphane se pencha et prit la petite bête dans ses bras, où elle commença immédiatement à ronronner. Il ne savait pas à combien de vies était rendue Misty à sa mort, mais elle n'en était apparemment pas rendue à sa dernière!

Succès assuré

Julie regarda le sang glissé lentement le long du couteau pour aller se déposer par gouttelettes sur le gravier à ses pieds. Elle tourna le regard vers son autre main, couverte d'un rouge intense qui détonnait admirablement sur sa peau pâle. Un léger sourire souleva le coin de ses lèvres. Elle aurait donné n'importe quoi pour prendre un cliché de ce moment unique. Elle profita de ces quelques minutes de calme et de liberté pour revivre les événements marquants qui l'avaient menée à ce bouquet final.

***

Julie n'aurait jamais cru que son bonheur, si intense à la publication de son premier roman, se transformerait en cauchemar, jusqu'à l'isoler à l'intérieur d'elle-même avec ses sombres pensées. Elle était plutôt fière de son œuvre, qui pouvait être définie comme une comédie dramatique où des femmes se battent contre les stéréotypes et les embûches d'être à la fois professionnelles, mères et épouses. Elle s'était bien sûr basée sur sa propre expérience, mais aussi sur celles de plusieurs sœurs d'arme qu'elle avait rencontrées le long du chemin.

Son très cher David l'avait épaulée durant son projet d'écriture, qu'elle devait réaliser dans les rares temps libres qui restaient entre son travail, les soins quotidiens à prodiguer à leur fille de trois ans et les tâches, nombreuses et quotidiennes, à exécuter lorsqu'on est propriétaire d'un bungalow de banlieue un peu vieillot. Elle avait tout de même persévéré, ne voulant pas encore d'un autre abandon à son tableau... ses études en droit qu'elle n'avait pas terminées étaient un échec personnel dur à avaler.

En se croisant les doigts et avec l'espoir au cœur, Julie avait communiqué avec pratiquement toutes les maisons d'édition, certaine qu'au moins une d'entre elles souhaiterait publier son roman. Les mois passèrent et les lettres de refus, des plus banales aux plus méchantes, arrivèrent. Elle en était venue à craindre la poste, briseuse de rêves. Son mari s'était vite désintéressé du projet, qui semblait être voué à l'échec. Selon son analyse, puisqu'aucun éditeur n'avait daigné répondre favorablement, son histoire devait assurément être inintéressante. Il avait commencé à lui remettre les enveloppes des maisons d'édition en lui jetant négligemment au visage : « Tiens. Un autre refus. » et ce, avant même qu'elle ait ouvert l'enveloppe.

Elle s'entêta et épargna un peu chaque semaine, en coupant sur plusieurs de ses petits caprices personnels, afin d'amasser assez d'argent pour publier à compte d'auteur. Elle réussirait et montrerait à tous ces auteurs ratés, qui décident de devenir éditeurs par dépit, qu'elle avait réussi malgré eux. Après avoir perdu plus d'un an et demi à tenter de faire accepter son manuscrit par l'industrie, Julie se dit qu'on n'était jamais mieux servi que par soi même : elle mena à son terme son projet d'autoédition et publia son roman, en format électronique et papier, vendu uniquement en ligne. Elle prit quelques jours de congé afin de mener à bien sa campagne de promotion. Elle se créa une page d'auteure sur les médias sociaux et annonça la publication de son roman en demandant à ses « amis » virtuels de bien vouloir aimer sa page. Julie s'attendait vraiment à ce que la totalité de ses contacts, qui étaient quand même pour plusieurs des collègues, des amis d'enfance et des membres de la famille montrent leurs intérêts, soit en lui envoyant un petit mot gentil, en aimant sa page ou en partageant l'annonce de sa publication sur leurs pages personnelles. À son grand étonnement, très peu levèrent le petit doigt. En soif de reconnaissance, elle s'acharna et envoya un courriel à partir de son adresse professionnelle à ses collègues et un autre, de son adresse personnelle, à la totalité de son répertoire. Silence presque total.

Julie arriva au bureau le lundi matin, certaine que les gens qui partageaient sa vie au moins huit heures par jour viendraient la voir et la féliciteraient de vive voix. Rien. Après quelques jours, certaines personnes lui demandèrent si son livre serait en vente chez Québec Loisirs ou bien Archambault. Ils se détournèrent rapidement avec le mot « *perdante* » sous-entendu sur leurs visages lorsqu'elle leur indiquait qu'elle les vendait elle-même sur le web.

Pour la plupart des gens, écrire un livre n'avait rien de fantastique : il y en avait des milions dans les librairies et les bibliothèques. Elle aurait probablement eu plus de succès à éditer un livre de cuisine minceur! Pourquoi lire une histoire lorsqu'on peut la regarder à la télévision sans même avoir à penser et à se creuser la cervelle? Il fallait s'extasier devant les gribouillis de leurs enfants, mais c'était trop difficile de même faire l'effort de féliciter quelqu'un pour un projet de si longue haleine. Julie commença à avoir un fort ressentiment, non seulement envers ses collègues, mais également pour certain membre de sa propre famille. Elle commença à remarquer leurs défauts, et ces tares commencèrent à lui tomber royalement sur les nerfs.

***

Julie savoura la douce brise tournoyant autour d'elle, le léger souffle du vent lui apportant les doux effluves métalliques du sang recouvrant ses mains et ses vêtements. Elle huma l'air avec satisfaction, un sourire inquiétant et félin sur le visage. Elle se sentait libérée et légère, le poids qui oppressait sa poitrine depuis des mois s'étant totalement envolé. Elle était enfin libre.

***

Il sembla à Julie que l'attitude des gens à son égard avait changé. Elle ignorait si son impression était justifiée ou si c'était le fruit de sa déception. Dans les bons jours, elle tentait de se convaincre que ce n'était que de la jalousie de leur part. Ils étaient incapables d'aligner deux mots sans fautes d'orthographe et leur culture s'arrêtait à la lecture de revues à potins. Plusieurs d'entre eux considéraient les émissions de télé-réalité, aussi insignifiantes les unes que les autres, comme le summum de l'art. Ils ne parlaient plus que de Carla qui avait embrassé Maxime, tandis que Charlotte la traitait de vache dans son dos, le tout sous la discrétion de dizaines de caméras rapportant le moindre propos à plusieurs millions de personnes évachées dans leurs salons. Elle se répétait qu'elle devait avoir pitié d'eux, qu'elle s'élevait au-dessus de tout ça.

Lorsque son esprit prenait une tournure plus sombre, Julie ne pouvait pas s'empêcher de se dire qu'elle était une ratée, une incapable. Même les éditeurs ne voulaient pas d'elle, c'était pour dire à quel point son roman était insipide. Les quelques personnes ayant acheté son livre, souvent plus par obligation morale que par envie de le lire, ne daignèrent pas lui faire le plaisir d'une rétroaction sur leur lecture. Plusieurs lui répondirent qu'ils n'avaient pas le temps, qu'ils étaient trop occupés. Pourtant, leurs horaires chargés se libéraient par miracle lorsque venait le moment de jouer à des jeux en ligne complètement stupides et abêtissants.

Julie ne s'attendait bien sûr pas à remporter un énorme

succès avec son bouquin ni à en vendre des centaines de copies. Sa plus grande déception fut celle qu'elle ressentit relativement au manque d'encouragement, d'aide indirect ou de soutien de ceux qu'elle croyait près d'elle. Elle perdit la foi envers le genre humain.

Elle commença à ressentir un profond sentiment de rejet au travail. Ses collègues, la plupart des femmes qui auraient été censées l'appuyer dans sa démarche et s'intéresser à l'histoire de son livre, commencèrent à jacasser dans son dos. Les « grosses cochonnes », comme elle se plaisait secrètement à les appeler, ne lui adressaient que rarement la parole, lui signifiant d'un regard qu'elle était de trop lorsqu'elle tentait maladroitement de s'insérer dans un groupe de discussion. Julie voyait de plus en plus souvent rouge, rongeant son frein en silence dans son coin. Les gens avaient juste à se donner un coup de pied au derrière, et tenter de réaliser leur rêve au lieu d'essayer de rabaisser ceux qui réussissaient. Il était plus facile de lever égoïstement le nez sur eux, et de les ignorer. De plus, d'un point de vue plus bas et matérialiste envers ses collègues féminines, ce n'était pas de la faute de Julie si elle était mince tandis qu'elles avaient, pour leur part, des derrières éléphantesques. Elles avaient juste à arrêter de se gaver et à manger sainement.

Les gens ne semblaient pas se soucier des sentiments et des états d'âme de Julie. « Elle est forte, elle peut en prendre », se disaient-ils probablement. Il ne savait rien de ses blessures intérieures et ne se doutait pas que ses airs de « je-m'en-foutisme » n'étaient qu'un masque, servant à la préserver de la cassure et des larmes. Elle avait eu des problèmes de poids dans sa jeunesse, essuyant railleries et coups de la part des autres étudiants, qui étaient les vedettes de la polyvalente. Elle avait drastiquement décidé de se prendre en main, allant jusqu'à l'anorexie et la dépression pour y arriver. Julie était restée avec une faiblesse insoupçonnée et un sentiment de rejet perpétuel, comme si la lettre « R » était épinglée sur sa poitrine, cousine moderne de la célèbre lettre « A » qui fut portée envers et contre tous par l'héroïne du roman de Nathaniel Hawthorne.

C'est dans cet état d'esprit sombre, dépressif et paranoïaque que Julie commença à écrire un polar noir, où le mal englobe toute chose, rendant l'idée même de bonheur inexistante, frivole.

***

Une mère poussant un landau passa devant l'entrée de gravier : elle regarda distraitement la femme se tenant debout à quelques mètres du trottoir. Une expression déroutée sur le visage, elle accéléra le pas afin de quitter cette vue troublante, se disant probablement que c'était une illusion d'optique due au soleil couchant. Ce ne pouvait pas être du sang, ses yeux lui jouaient très certainement un tour. Julie pencha la tête vers l'arrière, admirant le ciel rose-orangé, et laissa s'échapper un rire démentiel. Elle entendait maintenant les sirènes des voitures de police : sa gloire serait bientôt complète.

***

Julie se donna corps et âme dans sa nouvelle histoire, prenant malignement plaisir à faire souffrir ses personnages. Ses victimes fictives prenaient l'effigie de ses collègues, de son mari, de ceux ne l'ayant pas soutenue dans son aventure littéraire. Sous l'excuse d'une intrigue policière complexe et tordue, elle les étripa, étrangla et tortura jusqu'à l'extrême. Elle se visualisa en train d'arracher les ongles parfaitement manucurés de Gina, la secrétaire personnelle du président. Elle l'imagina crier de douleur, la suppliant d'arrêter son supplice, tandis qu'elle urinait de peur sur le plancher. Il y avait aussi Martine, qui se servait de son statut de femme enceinte comme excuse à ses sauts d'humeur. Dans son cerveau toujours plus créatif, Julie lui ouvrait le ventre avec un ouvre-lettre avant de l'étrangler à l'aide du cordon ombilical, le fœtus mort pendant sur sa poitrine.

Comme un cercle vicieux infernal, plus elle s'acharnait sur les icônes virtuelles des gens qu'elle abhorrait, plus ses relations interpersonnelles et son isolement s'accentuaient. Elle en était consciente, sans toutefois vouloir y mettre un terme pour autant. Son côté réprimé avait décidé de prendre le dessus sur sa raison. Elle sentait une toute nouvelle énergie, une force jusque-là inconnue, parcourir son corps. Le flot partait de son cerveau en ébullition, réchauffait son cœur au passage et s'expulsait par le bout de ses doigts, tapant vigoureusement sur le clavier.

Son mari l'accusa de les négliger, lui et sa très précieuse fille. C'était à cause de David et de son désir d'être propriétaire d'une maison décrépite qu'elle avait dû abandonner ses études de droit. Il fallait bien payer les factures et effectuer les réparations. Ensuite, la fixation de son mari à avoir un enfant à tout prix sonna le glas de l'emploi de Julie, poste qu'elle avait obtenu avec grande difficulté. Sur papier, les femmes n'avaient aucun problème à reprendre leur poste après un congé de maternité, la loi les protégeant. Toutefois, dans plusieurs entreprises, la réalité était une tout autre histoire. Bien sûr, son employeur la réembaucha, mais à un poste subalterne. Il lui expliqua que celle qui la remplaçait durant son congé de « femme » étant prétendument plus compétente, et qu'elle devait s'estimer chanceuse d'avoir toujours un emploi. Julie ne fut pas dupe : la raison réelle à sa rétrogradation était que son substitut était plutôt plus jeune qu'elle et demandait un salaire moins élevé pour faire ses preuves.

Une fois la naissance venue, et la progéniture tant souhaitée expulsée de son corps meurtri et déformé, sa tâche ne fut pas encore terminée. Elle était l'idiote qui restait éveillée la nuit pour nourrir au sein, comme une vache sur une trayeuse, la petite chose braillarde et insatiable que son mari avait tant désirée. Elle était la partie du couple qui sacrifiait sa vie pour soigner une enfant ingrate, qui se chargeait des rendez-vous chez le pédiatre et qui devait aller chercher la chose geignarde à la garderie. Monsieur n'avait que les bons côtés, et osait décréter que Julie n'était pas une mère assez présente pour sa fille.

***

Julie, en communion avec son environnement, se sentit observée. Elle tourna la tête vers la fenêtre et aperçut sa lavette de mari, terré à double tour dans la maison. Elle regarda avec amusement son air terrorisé, son teint pâle comme de la craie. Elle lui sourit de toutes ses dents, leva la main qui n'était pas entravée par le couteau dégoulinant sur le gravier, et lécha goulûment ce qu'elle y tenait. Julie lui sourit ensuite de toutes ses dents tâchées de sang. David retourna prestement la tête pour vomir sur le plancher.

***

Dans son esprit troublé, obsédé par l'échec de ce qui devait être un moment tournant dans sa vie d'un point de vue de réalisation personnelle, un scénario démentiel commença à germer au sein de son esprit. Elle repoussa cette nouvelle idée, voulant terminer son nouveau roman noir avant de s'embarquer dans un autre projet. Elle donna le brouillon final de son manuscrit à son mari, puisqu'il avait été de bon conseil lors de la révision de son premier livre. Cependant, au bout de cinq semaines, elle remarqua qu'il ne l'avait toujours pas commencé. Elle lui en parla et il lui dit les mots qu'elle avait appris à haïr : « Je n'ai pas le temps ».

Julie courut s'enfermer dans sa chambre, s'attendant à

fondre en larmes de découragement et de ressentiment. Son très cher mari ne la regardait plus, ne lui parlait plus. Ses collègues parlaient dans son dos et ne l'impliquaient plus dans les activités sociales. Sa fille n'en avait que pour son père, traitant sa mère comme une servante. Et que dire de sa belle-mère qui avait toujours trouvé que son très cher fils méritait mieux? Toutefois, Julie s'aperçut que les larmes ne voulaient pas couler. Son cœur s'était durci au point que la seule chose qui pouvait l'animer était la hargne. Elle s'en nourrissait, comme si une bête affamée vivait à l'intérieur de son corps, dévorant le négatif pour le transformer en haine.

C'est à ce moment-là qu'elle décida que sa nouvelle histoire, en stase dans un coin de son cerveau et en attente de transposition sur papier, ne serait pas un roman. Non. Cette histoire serait la clé maîtresse dans la publication de son polar. Son livre se vendrait au-delà des frontières et de l'océan, jusqu'en Europe. Avant de lever le rideau sur l'unique, et finale, représentation, Julie devait d'abord s'assurer qu'elle avait la détermination qu'il fallait pour accomplir son projet.

***

Le cri strident des sirènes se faisait plus insistant, plus présent. Ce serait bientôt terminé. Elle repensa avec délice à la répétition qu'elle avait réalisée en prévision des événements ayant eu lieu ce jour même. Elle avait savouré le moment, plus qu'elle ne l'aurait cru d'ailleurs. Julie était cependant déçue : elle aurait aimé faire souffrir la vieille folle. Elle s'était cependant bien reprise pour les autres, pensa-t-elle, un sourire nostalgique sur les lèvres.

***

La mère de David ne s'était doutée de rien. Il n'était pourtant pas dans l'habitude de sa bru de l'appeler pour venir prendre un café. Julie avait en effet eu une idée géniale : elle effaçait systématiquement, par habitude, tous les courriels d'offres de médicaments variés qu'elle recevait. La plupart d'entre eux concernaient des produits érectiles, comme si la solution à tous les problèmes se trouvait dans la capacité d'un homme à avoir une érection digne de ce nom. Elle commença à regarder ces courriels indésirables avec une attention toute particulière, se demandant sur quoi l'on pouvait véritablement mettre la main sans prescription. À son grand étonnement, elle trouva alors les produits idéaux à la réalisation des deux phases de son grandiose projet. C'était plus qu'elle en demandait.

Julie, assise sagement sur le divan, avait regardé la mère de son mari s'assoupir lentement dans son fauteuil sous l'effet des puissants somnifères glissés dans le chaud breuvage. Elle s'était alors levée pour aller préparer un encas dans la cuisine comme alibi au fait qu'elle n'était pas dans la pièce au moment du décès. Elle retourna au salon et regarda la vieille dame dormir paisiblement. C'était presque trop facile. Elle s'approcha de la femme assoupie, mit une main sur sa bouche, et lui pinça le nez à l'aide de l'autre. Elle maintint sa position sept minutes, pour s'assurer qu'il n'y avait plus de retour en arrière possible. Une fois que la mère de son mari fut morte, elle appela le 911. Elle joua la belle-fille paniquée, et le préposé fit de son mieux pour la calmer tout en lui demandant d'effectuer les manœuvres de réanimation. Julie s'activa à moitié, sans laisser le préposé se douter de son subterfuge. Elle ne voulait quand même pas la réanimer par « erreur », bien que de précieuses minutes furent déjà passées depuis. Sa belle-mère aimait tellement lui empoisonner l'existence, elle était capable de faire échouer son plan juste pour la faire rager. Julie prit cependant un malin plaisir à lui casser plusieurs côtes durant le soi-disant processus de réanimation. Oups! À la grande surprise de Julie, personne ne se douta de quoi que ce soit, croyant l'histoire dur comme fer. Une femme malade a un arrêt cardiaque durant une chaude journée d'été : quoi de plus banal?

Julie publia son polar quelques semaines plus tard, sans que son mari ait daigné y jeter un coup d'œil. En prévision de son coup de publicité monumental, elle avait décidé de vendre son livre sur une plateforme commerciale internationale, où la visibilité pour l'autoédition était à son paroxysme. Elle avait ensuite créé plusieurs profils fictifs qui saluaient le génie de l'œuvre. Elle avait utilisé le même genre de publicité que pour son roman précédent, en utilisant les médias sociaux et les courriels. Elle attendit deux semaines et organisa une petite fête au sein de son service, afin de remercier les gens pour leur soutien, qui avait permis des ventes qui dépassaient ses plus grandes espérances. En recevant l'invitation, promettant champagne et fruits trempés dans le chocolat (il fallait bien qu'elle attire ses grosses cochonnes!), la plupart de ses collègues se demandèrent secrètement et individuellement s'ils n'étaient pas les seuls à ne pas avoir acheté le livre de Julie.

***

Le jour J, celui de la grande finale, arriva enfin. Cette journée fut chargée pour Julie, mais maintenant, les bras tendus en croix devant un policier armé lui exhortant de jeter son couteau ensanglanté et la chose qu'elle tenait à la main, Julie se dit satisfaite qu'il n'y eût aucune anicroche. C'était digne des grandes représentations. La société se rendrait bientôt compte de son génie créatif.

***

Julie regroupa tous ses collègues autour de la table de conférence, décorée avec soin. Les verres de champagne étaient déjà versés, elle n'attendait que les convives. Elle fit un discours endiablé : à la tête que faisaient ses collègues, elle était certaine que plusieurs devaient se sentir pingres de ne pas avoir acheté ou aidé à la promotion d'un livre maintenant, dans leur esprit, un bestseller. Elle fit un toast final, et tout le monde bu allègrement une grande gorgée de champagne. Très peu d'entre eux se rendirent probablement compte du léger goût d'amande du nectar avant de lâcher leur verre, et de se prendre la gorge à deux mains. Julie continua à boire son champagne, appréciant le tortillement de ses collègues sur le plancher, vomissant allègrement les uns sur les autres tandis que des sels liquides et sanguinolents tachèrent leurs pantalons et leur bas de nylon. Le moment, bien que trop bref, fut pour Julie d'une exaltation incommensurable.

Elle ferma la porte de la salle de réunion derrière elle, en mettant un avis de ne pas déranger. Elle aurait ainsi encore au moins deux heures à sa disposition. Elle regarda sa montre : le messager avait probablement déjà livré l'enveloppe à son David. Dans la lettre, elle lui demandait de venir la rejoindre à la maison et lui annonçait, froidement et noir sur blanc, que le test ADN effectué à son insu était négatif et que sa fille n'était, en fait, pas la sienne. Oups! Julie avait effectivement couché avec son beau-frère durant une soirée familiale bien arrosée, où son mari avait omis, encore une fois, de faire acte de présence. Comme si Julie ne se doutait pas que David la trompait à tour de bras. Elle lui faisait goûter à sa propre médecine! Une copie dudit rapport avait été délivrée au même moment à Sylvain, ledit beau-frère. Puisqu'il adorait littéralement sa nièce, une bagarre juridique pour la garde de la petite peste aurait probablement lieu. Julie en frissonna de plaisir en pensant au déchirement familial à venir.

La dernière partie de son plan fut plus complexe puisqu'elle demandait une bonne coordination. Il lui avait été assez facile de découvrir que sa jeune voisine d'à peine vingt-cinq ans, belle comme un cœur et sans aucune vergeture, était la maîtresse de son mari. David, qui ne semblait plus n'avoir aucun respect pour Julie, ne se forçait même plus à trouver des excuses qui tiennent la route. Il allait soi-disant faire du jogging, mais revenait au bout d'une heure sans que rien n'y paraisse. Il la prenait vraiment pour une valise. Julie ne savait pas ce qui la choquait le plus : était-ce que son mari la trompait ou le fait qu'il la crût tellement naïve qu'il ne prenait même pas la peine d'être crédible dans ses mensonges? Elle resta à l'affût de l'horaire de travail de la séduisante infirmière, et planifia soigneusement son jour de gloire en conséquence. Le bouquet final fut tout simplement exquis!

***

Julie regarda le jeune policier, déféquant presque dans ses pantalons à la vue de cette femme couverte de sang, réminiscence de Sissy Spacek dans Carrie. Il lui demanda encore une fois, la voix tremblante, de lâcher ce qu'elle tenait dans ses mains. Elle lâcha le couteau en premier, savourant le regard du policier toujours fixé sur son autre main, se demandant ce qu'elle pouvait bien tenir.

***

Julie ouvrit lentement son autre main et laissa tomber ce qu'elle y tenait avant de se coucher face au sol. Le jeune policier approcha l'objet, luisant et rouge foncé, tandis que son collègue se dépêchait à passer les menottes à la femme qui avait, selon toute apparence, perdu la raison. Il saisit la chose poisseuse de sa main gantée, montrant ainsi son inexpérience à travailler sur une scène de crime, avant de se mettre à crier lorsqu'il réalisa qu'il tenait un cœur humain dans sa main. *Attends de voir à l'intérieur de la maison*, pensa Julie avec délectation.

***

Julie ne pouvait pas trop en vouloir à son mari de l'avoir trompée, elle avait tout de même eu une aventure extraconjugale, devait-elle avouer en toute humilité. Il voulait le cœur de sa belle voisine : Julie lui rendit donc l'immense service d'aller le chercher pour lui! Elle s'en était donné à cœur joie, faisant souffrir lentement la jeune femme en attendant l'arrivée de son cher époux. Elle lui planta des aiguilles sous les ongles, savourant le cri étouffé de sa victime bâillonnée. Avec un couteau, elle pénétra doucement la chair de la poitrine de la jeune femme, en lui expliquant d'une voix calme ce qu'elle s'apprêtait à lui faire. Sa voisine était toujours vivante lorsque Julie commença à défoncer sa cage thoracique à l'aide d'un ciseau de maçon et d'un marteau. Elle avait accueilli David théâtralement, sagement assise au côté du corps mutilé de sa maîtresse, le cœur encore chaud et presque frémissant de cette dernière dans sa main. Elle en avait presque joui, sentant une force et une confiance, inconnues jusqu'alors, subitement l'habiter.

***

Julie se laissa docilement emmener vers la voiture de police, un sourire triomphant sur les lèvres. Oui, son histoire ferait le tour des journaux de la planète, et ses deux livres se vendraient comme des petits pains chauds. De plus, avec les sentences bonbons offertes sur un plateau d'argent à ceux qui font montre de folie extrême (et elle croyait fermement y avoir excellé!), elle ne resterait certainement pas très longtemps en prison. Sa mise en scène de la journée lui vaudrait un succès assuré!

Au sujet de l'autrice

« Divagations » est le deuxième livre de Caroline Plouffe, une fervente québécoise ayant passé les trente premières années de sa vie dans le quartier Rosemont/La Petite-Patrie à Montréal. Les étranges méandres de la vie ont fait en sorte qu'elle habite désormais un petit village de l'Est ontarien et qu'elle travaille dans la capitale nationale, comme quoi l'adage qui dit « il ne faut jamais dire jamais » est vrai après tout!

Contrairement à ce que laissent transpirer ses écrits, l'auteure eut une enfance normale et heureuse, faite de hauts et de bas, au sein d'une famille des plus banales de la classe moyenne. Sa mère l'initia très tôt aux plaisirs de la lecture de toute sorte, en commençant par les bandes dessinées, pour bifurquer vers les romans à l'eau de rose, en faisant un détour par les histoires sur fond de guerre de Sécession, pour finir par les intrigues policières et les suspenses, sa prédilection des dernières années. Par l'entremise de sa mère, qui lui manque énormément, Caroline découvrit le plaisir coupable d'arrêter de penser au quotidien de la vie afin de se plonger dans l'existence d'autres personnes, aussi fictives soient-elles, et de jeter un coup d'œil indiscret à leurs bonheurs et à leurs tourments.

C'est durant son voyagement journalier entre la maison et le travail que Caroline laisse son esprit vagabonder là où il veut bien la porter. Les intrigues se développent, les personnages s'imposent.

À l'instar de ses goûts de lecture depuis son enfance, ses écrits refusent d'être stéréotypés en un seul genre et seront aussi variés que ses pensées, la raison du titre « Divagations » donné au présent ouvrage. Un seul trait commun risque cependant de toujours les lier : le principe voulant que chaque action mène à une réaction et que nous ne sachions jamais ce que la vie nous réserve, dépendamment que nous déciderons de tourner à gauche ou bien à droite à la croisée des chemins.

Communiquer avec l'autrice

Blog : http://carolineplouffeauteure.com

https://www.facebook.com/carolineplouffeauteure

Mot de l'autrice

Merci d'avoir lu mon livre, publié de façon indépendante.

Nous les auteurs indés comptons sur nos lecteurs pour nous aider à nous faire connaitre et aimer. Parlez de nous à vos parents et amis, et incitez-les à se procurer nos livres. L'indé aime avoir la rétroaction de ses lecteurs : n'hésitez surtout pas à communiquer avec lui pour lui faire part de vos impressions.

Merci pour votre soutien!

PAR LA MÊME AUTRICE

http://carolineplouffeauteure.com/bibliographie

Causalité paradoxale (science-fiction)

Divagations (suspense)

Doux souvenirs au temps de Duplessis (biographie)

Cover up 101 (humour noir)

Trilogie : Dualités meurtrières (romans policiers) :

Point de rupture

Sans issue

Malaimés

www.ingramcontent.com/pod-product-compliance
Ingram Content Group UK Ltd.
Pitfield, Milton Keynes, MK11 3LW, UK
UKHW021918190726
13853UKWH00002B/723